Arsène Lupin 亞森・羅蘋冒險系列 15

La Demoiselle aux yeux verts

碧眼少女

莫里斯・盧布朗／著
施程輝／譯

好讀出版

推薦序

一個美好的童年回憶

推理作家　杜鵑窩人

最近我們看到國內不論是音樂或電影，常常吹起一股懷舊風，倒不是說新不如舊，而是能夠引起熟男熟女們內心共鳴的正是年輕時期的回憶。當年還年輕，代表沒有許多金錢可供支配，很多美好的事物只能眼睜睜放過閃過飄過而扼腕不已，但如今熟男熟女們已然來到經濟實力最強韌的時刻，自然能好好收藏、回味這些過往追尋不及的美好回憶，因此當然不能錯過像「亞森·羅蘋冒險系列小說」這麼珍貴的探案全集。

無論現在市面上推出的冒險小說作品有多麼刺激，亞森·羅蘋冒險探案故事在資深推理迷的眼中永遠是個美好的回憶。畢竟在那個資訊極度封閉和落後的時代中，「神探福爾摩斯」和「怪盜亞森羅蘋」一直是推理迷如我輩，最開始接觸偵探小說的初體驗，也是偵探推理迷手中兩部不可或缺的作品——應該說，討論偵探推理小說的人，如果不討論這兩套書，那麼眞是連入門的資格都沒有。但說眞的，如果和過度冷靜、理性到不像人而像神的福爾摩斯相較起來，亞森．羅蘋眞的較有人情味，也更貼近一般人一些，這是不容否認的事實。矢志對抗貧富不均的法國社會和貪污黑暗的法國政府，而德法戰爭一起又變得充滿愛國之心不懼危險從軍去的這位迷人男子，亞森．羅蘋的形象從來不太明確，卻又那麼容易引起大小朋友的英雄崇拜心理。

在亞森．羅蘋這個極感性、且超有正義感的怪盜紳士眾多冒險之中，有很多都是因他個人感情氾濫的心緒使然，再加上英雄救美的情懷作祟，而加以多管閒事產生的。如果和近乎冷酷的福爾摩斯相比較，羅蘋予人的感受反而比較接近一般正常人的思維，和一般人一樣擁有喜怒哀樂，也經常衝動冒失，而且屢屢失敗也不爲奇。《碧眼少女》這部作品也同樣植基於作者盧布朗對這個角色的設定——羅蘋爲了美女不惜捲入案件的例子還眞是多不可勝數。而羅蘋如何利用個人的本領去解救身陷困境且慘遭追殺的女主角，過程場面之驚險刺激也可說是高潮迭起，在在讓人想到近百年後的《達文西密碼》場景，當然兩者的刺激度不太相同，但緊張氛圍卻絲毫不差。讀者讀完《碧眼少女》後應可發現，這部作品雖是偵探小說古典黃金時期的作品，但鋪陳的緊張氣氛、情節的複雜跌宕並不亞於後世的許多作品。

目前的書市充斥著過度渲染緊張刺激情節的歐美推理作品，讀者們如您或多或少也許都已對這類作品產生彈性疲乏；若眞是如此，我誠懇地向您推薦亞森．羅蘋冒險探案故事中的這本《碧眼少女》，它所散發的思古幽情應會讓讀者有不一樣的感受才是。

推薦序

謎樣的倩影，以及亞森・羅蘋的多重面孔

推理作家　余小芳

有時總不免期待，下一本亞森・羅蘋探案故事會以什麼樣的面貌示人，他個人又會碰上什麼特殊的「豔遇」？因爲在這些生命經驗、冒險際遇的共同串連之下，羅蘋探案永遠能帶給讀者莫大的閱讀樂趣和驚喜。

於《碧眼少女》中，透過三十四歲的亞森・羅蘋目光所見，起初最吸睛的片段是一個英國女子渾身散發出的迷魅神采，跟隨著羅蘋的腳步，我們也等於步入了作者精心營造的法國社會和氛圍之中。作者採用破題法，一開場便讓要角現身，而伴隨著懸疑有趣的開場，讀者的心神不自覺被勾引過去，但由於前段篇章都是使用表述個人特徵的代稱，稍不小心，很可能會有錯亂之感……

有一天，扮裝在外的亞森・羅蘋發現一名油頭男子正在跟蹤一位藍眼睛的英國女子，他的好奇心驅使他尾隨而去，並停格於一家咖啡店內。然而相較於迷人的藍眼美女，更吸引羅蘋心魂的卻是

一旁同時有著純潔和憂傷神情的碧眼少女，她離開後，隨即與路旁那個先前跟蹤藍眼美女的男人起了爭執，並立刻被自己的父親帶離現場——哎呀，此舉打斷了羅蘋上前搭訕的盤算。

抱持著將計就計的心情，羅蘋只好跟隨藍眼美女的芳蹤至車站。當火車努力奔馳的當下，羅蘋被這名聰慧的女子識破身分，她不但知道自己被男人跟隨，甚至指出羅蘋有興趣的不是自己，而是擁有碧綠雙眼的少女，這使得一向意氣風發的羅蘋顏面無光、屈居下風。接著在一場意外之中，藍眼美女不幸殞命，而碧眼少女卻可能是共犯之一，羅蘋一方面受迫於道德良知的感召，另一方面也被潛藏的疑惑心理驅動而踏上尋凶之路……情節設計純屬意外，卻也產生另一種閱讀趣味。

《碧眼少女》一書於全套羅蘋探案故事中，屬作者盧布朗於寫作中期的創作，於劇情發展上十分逗趣幽默，內容架構也有著羅蘋探案系列的一貫風格——美人、戀愛、冒險、祕密與敵對勢力。一開場旋即出現兩位勾人心魂的美女，以及不只一位和羅蘋較勁的男子，搭配著往後若有似無的戀愛，神祕未知的謎題更與冒險犯難的情節相連結，最後甚至不忘附上挖掘寶藏的可能。

於此特別要提到做爲女主角的碧眼少女，以及男主角亞森・羅蘋。既然身爲一名負責主述的觀察者，羅蘋的形象便不再神祕，取而代之的是顯而易見的情緒波動及諸多行動，而他眼中的碧眼少女既是受關注的對象，自然披上一層神祕面紗。碧眼少女於不同的場景中現身，變換各式各樣不同的眼神及身分，並發散出截然不同的氣息，讓人捉摸不清她的底細和思路，而心急如焚、暴跳如雷且被耍得團團轉的羅蘋彷彿要與其較勁一般，也在書中更換多重面貌，令讀者訝異地發現，他的易容術和扮裝術簡直已達出神入化、無人能敵的地步。

眞心地說——放眼小說領域，大概沒有人能像羅蘋這般，從平民到貴族、自盜賊到警察等等，眼皮底下所喬裝的每個角色神韻、姿態和氣質，都能扮演得如此稱職！

推薦序

童心未泯的亞森・羅蘋

推理評論人 冬陽

幾個月前，我受邀前往大學推理社團演講，進行到提問時間時，其中一位學生靦腆地舉手問我：「冬陽大哥，請問你比較喜歡福爾摩斯還是亞森・羅蘋？」

關於我個人喜好的部分，說起來可就落落長了，在此且先按下不表。搭車返家的路上，我倒是嘗試回答另一個相關的問題：「爲何福爾摩斯和亞森・羅蘋總是被拿來相互比較？」

翻閱英語世界的推理專書，會將兩者放在一塊討論的，別說篇幅長短了，連次數都不算多。若是談到「福爾摩斯的對手們」（The Rivals of Sherlock Holmes），也幾乎不曾提及亞森・羅蘋，反倒是那些在福爾摩斯遭作者柯南・道爾賜死（在〈最後一案〉中被安排與宿敵莫里亞蒂教授一同墜入瀑布）消失的十年間（一八九三～一九〇三），在報章雜誌上紛紛嶄露頭角、欲登上名偵探寶座的眾多角色。

思來想去，我歸結原因可能有二。

首先得要歸咎於莫里斯・盧布朗。他是亞森・羅蘋的創造者，也是將福爾摩斯與羅蘋兜在一塊的始作俑者，在《怪盜與名偵探》中讓兩人遭遇、對決。

其次得回頭講講台灣的出版社。從注音版的兒童讀物算起，出了福爾摩斯探案也就很難不跟著出亞森・羅蘋全集，兩人像是孿生雙胞胎般形影不離。反觀英美，孩子們有哈迪兄弟（Hardy Boys）、神探南茜（Nancy Drew）超過八十年的陪伴，台灣橫跨不同世代共通的推理閱讀回憶，則落在福爾摩斯與亞森・羅蘋身上了。

如此說來，感覺上比較像是亞森・羅蘋「搭」著福爾摩斯走，然而我個人在重讀這次好讀出版重新譯介的亞森・羅蘋冒險探案故事時，倒覺得較之於福爾摩斯的探案，羅蘋探案更加貼近兒童的生活經驗與心境，尤其是亞森・羅蘋那滿懷好奇的冒險精神，在本書《碧眼少女》中展露無遺。

故事一開始，化名爲勞爾・林姆茲的亞森・羅蘋，走在四月的巴黎街頭，目光被一對男女的行動所攫取。看似紳士的男子爲何小心翼翼地跟蹤一名美麗的藍眼睛英國女子？於是羅蘋「螳螂捕蟬，黃雀在後」地緊隨。不久，女子進入一間咖啡店，羅蘋跟著進去，旋即被一位金髮碧眼的女孩深深吸引……

眼前的羅蘋不再是足智多謀、令警方恨得牙癢癢的「怪盜紳士」了，一下子追著陌生人跑、一下子情不自禁吻了碧眼少女，接著又急匆匆想找之前襲擊他的匪徒報仇……活像個好動調皮的大男孩。這樣的情節發展，站在成年人的閱讀立場，我們或許會說，這仍是一種充滿紳士風範、富含俠義精神的舉止行動云云，但在亞森・羅蘋的諸多冒險事蹟中，許多該是由他內心深處那童心未泯的靈魂悄悄驅動的吧？

這似乎與漫畫《名偵探柯南》中，服藥返齡的工藤新一與灰原哀恰好相反——這兩個人是老成的孩童，亞森・羅蘋則是長不大的熟男。對孩子而言，這兩組人同樣擁有與他們相似的心境，卻也擁有他們缺乏、期盼快快長大後就能補足的能力。然而，在長大後的成人眼中，羅蘋大多數的冒險機緣大概是自己再也無法企及的了，羅蘋的心懷童眞也是自己日漸喪失的了……不過，這不正是小說所能帶給讀者最歡喜愉悅、無邊無際的想像樂趣嗎？

請緩緩翻開下一頁，重拾童心跟著亞森・羅蘋冒險去吧！

contents 目錄

chapter 1

藍眼睛的英國女子

巴黎的四月天，陽光明媚的日子帶來淡淡愜意。勞爾．林姆茲輕快地漫步在林蔭大道上，就像任何一個盡情享受生活的幸福男人那樣——他外表迷人，中等個子，身材修長。體型雖偏瘦，卻有著挺拔的胸膛；西裝上臂處袖子微微隆起，服裝裁剪合宜細緻，可以看出他對衣著很講究。

當他走到切姆納斯劇院前面時，隱隱覺得身旁有位男子正在跟蹤一名女子。對勞爾來說，沒有什麼事比發現一名男子正疑似跟蹤一名女士更有趣的了。他決定尾隨，就這樣一個跟著一個，三人之間間隔適當距離，沿著嘈雜的馬路慢慢走著。

憑藉豐富的經驗，林姆茲男爵判斷這名男子的確是在跟蹤這位女士，因爲他帶著一種紳士般的謹慎，試圖不讓女士察覺他的存在。勞爾也同樣謹慎地混在人群中，但卻加快步伐，以便能眞切瞧瞧這兩號人物。

從後面看，男子的黑髮抹著厚厚一層髮蠟，髮線梳得完美齊整，同樣無可挑剔的穿著益發顯得他魁梧又高大；從正面看去，則五官端正，小鬍子也精心打理過，臉色紅潤而充滿生氣。此人約莫三十歲上下，步履穩健，態度傲慢，舉止庸俗，手上戴了好幾枚戒指，口中還叼著一支鑲了黃金菸嘴的菸斗。

勞爾加快步伐。這位女士身材高眺，儀態端莊高貴，腿部線條優美，腳踝細緻，正以一種英國女人特有的堅定步伐走在人行道上。她美麗的臉龐在迷人的藍眼睛和濃密的金髮襯托下更顯出色耀眼。行人紛紛駐足回頭凝視她，但她似乎對行人不自覺發出的讚嘆致意無動於衷。

「了不起，這才是眞正的貴族名媛！」勞爾心想，「但她怎麼會被這個油頭男子跟蹤？這人想幹什麼？是嫉妒的丈夫？是失意的追求者？或是尋求豔遇的自以為是美男子？是的，應該是這樣。這個男人儼然一副有錢就自認魅力無法擋的嘴臉。」

她穿過劇院廣場，完全不擔心身邊壅塞的車輛。一輛馬車擋住了去路，她沉著地抓住轡繩，讓馬匹停下。車夫非常生氣地從座位上跳下來，逼近她大聲辱罵，女子突然朝車夫的鼻子就是一拳，鼻血猛然噴出。一名警察走過來質問她，女子竟轉身從容離去了。

走到奧貝爾大街上，兩個男孩在打架，她一把抓住兩人的衣領扔到十步開外，然後丟給他們兩枚金幣。

接著她走進歐斯曼大道一家咖啡館，勞爾遠遠地看著她坐在一張桌子前。跟蹤她的那名男子則沒有進去。勞爾大大方方走入，挑了個低調的位置坐下。

女子要了一杯茶和四片土司，露出貝齒，狼吞虎嚥地吃著。鄰座都在看她，她毫不在意，又點了四片土司。

坐在不遠處的另外一位年輕女孩，也同樣引人注目。如同那名英國女子，女孩也是一頭金髮，髮帶隨風飄動，穿著雖沒那麼貴氣，卻透露出一股巴黎女子的品味。三個衣衫襤褸的小孩圍著她，她遞給他們一些蛋糕和石榴汁。女孩在門口碰到了這些孩子，便邀請他們一起吃飯，看見孩子們睜著喜悅的眼睛和沾了奶油的臉龐，她很開心。孩子們一句話也不說，只管大口吃著。女孩卻比他們還要孩子氣，不停地跟他們玩鬧、聊天：「對小姐應該說什麼啊？……大聲點，我沒聽見……不，我不是夫人……你們應該說：『謝謝，小姐……』」

女孩的臉龐洋溢著自然、幸福和快樂，她那帶有金黃光澤的綠翡翠般眼睛深深散發魅惑，勞爾立刻被她收服。任誰只要與她相視一眼，就無法抽離自己的視線。

但如此不尋常的眼眸底下，卻閃現著一絲憂傷或沉思，也許這是很常見的眼神，但它們此刻卻和女孩那俏皮的嘴唇、微顫的鼻孔，還有那帶著微笑酒窩的面頰，一塊兒賦予這張面孔強烈的生命力光芒。

「這類人，一點也不平庸，她身上只會有極度的喜悅或憂傷。」勞爾思忖著，並由衷升起一股強烈欲望想讓她快樂，想保護她免於悲傷。

他將視線轉回那名藍眼睛的英國女子。她實在是太美麗了，一種攝人心魄、完美、聖潔的美麗。但是碧眼少女（他決定這樣稱呼她）卻更吸引他。在欣賞前面一位美麗女郎的同時，後面這一位卻令人更想認識，更想挖掘這位美女的祕密。

他猶豫了一下。這時，女孩已經結好帳，準備和三個孩子一起離開。跟著她？還是留在原地？要跟誰？綠眼睛？藍眼睛？

他突然站起身，丟了些錢在櫃檯上，步出咖啡館。綠眼睛帶走了他的心。

意想不到的一幕讓他大吃一驚。人行道上，綠眼睛正在和一名紳士交談，就是半小時前活像個害羞或嫉妒情人般跟蹤英國女人的那名男子。他們的談話很激烈，不時傳出怒聲，看上去似乎在爭吵。很明顯，年輕女孩想要離開，油頭男子卻試圖阻止。看起來就是這麼回事，勞爾甚至顧不了禮貌，準備上前介入。

但他沒來得及動作。一輛汽車停在咖啡館前，有位體面的紳士從車上下來，見到人行道上的情景便衝了過去，拿起手杖一棍打下，打掉了那油頭男的帽子。

男子大吃一驚，後退了一步，然後不顧圍觀的人群，衝向前去。

「你這瘋子！你瘋了！」他大吼著。

剛才乍到的這位先生，他的個子比油頭男矮一些，卻比較年長。他將女孩護在自己的背後，抬起手杖，大聲說：「我已經警告過你不要和她說話。我是她父親，你這個混蛋，你這徹頭徹尾的混蛋。」

兩人對峙著，身體都因憤怒而發顫。油頭男子受到侮辱，他跳起來，準備衝到那位先生面前。而少女則抓住那位先生的手臂，想將他拉上車。但油頭男一把將他們扯開，奪下了那位先生的手杖。突然，在他們中間出現了一張奇怪的陌生臉孔，這個人的右眼使勁眨個不停，朝油頭男扮著嘲弄的鬼臉，歪歪的嘴角上叼著一根菸。

站在他們之間的正是勞爾，他嘶啞地說道：「請借點火。」

此時此刻完全不合理的請求。這位不速之客到底想幹什麼？油頭男子不耐煩地拒絕：「走開！我沒火。」

「不可能！您剛剛一直在抽菸。」不速之客毫不退讓。

油頭男子憤怒地想推開陌生人，卻束手無策，甚至連對方的手臂都推不動，他低下頭想看看此人到底是誰。油頭男看起來困惑不已，因爲此刻這個男人的雙手竟緊緊抓住他的手腕，令自己動彈不得，就像被一把虎鉗箝住似的。不速之客繼續頑固地糾纏著：「借點火吧。你怎麼能拒絕借我點火呢？」

圍觀的人群笑出聲音來。油頭男徹底被激怒了，他大嚷道：「給我安靜一下。我已經說過，我沒辦法借你火。」

不速之客故作悲傷地搖了搖頭。

「您太無禮了。怎麼會有人拒絕借火給像我這麼有禮貌的人。既然您這麼不願意行舉手之勞……」

勞爾鬆開了手。重獲自由的油頭男子立刻衝了出去。但那位先生和碧眼少女乘坐的汽車早已開走，他悠然自得地看著油頭男白費了一番功夫。

勞爾見油頭男子尾隨著追了過去，內心暗暗自鳴得意：「太棒了！我像唐吉訶德一樣，幫助了一個陌生的綠眼睛美女。她走了，沒有留下她的姓名和地址。我再也見不到她了嗎？」

他決定回到英國女子那裡。她應該也目睹了這場爭執，只是正往遠處走去。他繼續尾隨著她。

勞爾．林姆茲彷彿又置身在生命中那些處於過去和未來之間的某個時刻，對他而言過去充滿冒險，而未來也預示著同樣的軌跡，但這兩點之間卻一無所有。因此，在三十四歲之際，他決定將命運的鑰匙交由女人掌握。既然碧眼少女已經消失了，他只好猶疑地將步履邁向明亮的藍眼睛女子。

勞爾假裝朝另一個方向走去，然後在半路折回。他注意到油頭男子又再度開始跟蹤，在被人趕走之後，又像自己一樣從大街的另一側捲土重來。這三個人又開始閒逛起來，英國女子對這兩名跟隨者的詭計絲毫未覺。

女郎沿著擁擠的人行道漫步，她認眞打量著商店櫥窗，對沿路男子們的愛慕致意視而不見。她一直走到瑪德蓮廣場，經過皇家街來到聖奧諾黑郊區，最後走進了剛果狄亞飯店。

油頭男子停下腳步，先到百來步外買了包香菸，接著走進飯店。勞爾看到他與門房交談。三分鐘後，他就離開了。正當勞爾也準備向門房打聽藍眼睛的英國女子時，這位女士穿過了門廳，攜著一只小手提箱上了車。她要去旅行嗎？

「司機，請跟著這輛車。」勞爾招了一輛計程車。

英國女子去購物，八點時在里昂火車站下車，之後便走進車站的餐廳點了餐。勞爾在旁邊坐下。

晚餐用畢，她抽了兩根菸。接近九點半時，一位庫克公司的員工出現在柵欄前，將車票和行李收據遞給她。隨後，她便登上了九點四十六分的快車。

「如果您能告訴我那位女士的名字，就能拿到五十法郎。」勞爾試圖向此人套話。

「她是貝克菲爾女士。」

「她要去哪裡？」

「先生，她要去蒙地卡羅，座位在第五節車廂。」

沒考慮太久，勞爾便決定繼續跟著藍眼睛。畢竟他是在跟蹤藍眼睛時，認識了綠眼睛。跟著這名英國女子，也許就能再遇見油頭男子，再透過他找到綠眼睛。

他折回去買了一張到蒙地卡羅的車票，朝月臺快步走去。

他看著英國女子在人群中擠上了列車踏階，不一會兒，又從車窗外看見她正準備脫下大衣就坐。

這是戰爭爆發前幾年。四月底，坐車的人寥寥無幾。這班快車不怎麼舒適，既沒有臥鋪也無餐車，只有極少數旅客乘坐頭等車廂前往法國中部，女子所在的第五節車廂也僅僅只有靠末端的座位隔間裡坐了兩名乘客。

勞爾刻意在月臺的遠處溜達，他租了兩個枕頭，在書報攤買了報紙和小冊子。哨聲響起，他躍上踏階，跑進第三節車廂，急匆匆的模樣像極了在最後一刻趕上火車。

英國女子獨自坐在窗邊。他走向她所在的車廂隔間，在她的斜對面、靠近走道那端坐下。女子僅抬頭淡淡瞄了一眼這位闖入者——他身上沒帶任何行李。接著，女子自顧自地大口吃起巧克力，膝蓋上放著一大盒已經拆封的巧克力。

查票員來驗了票，火車向郊區飛奔而去，將春光明媚的巴黎遠遠拋在後面。勞爾漫不經心地翻閱著報紙，覺得十分無趣，便將它扔到一旁。

「沒什麼大新聞，」他自言自語，「連一件大事也沒有。瞧，這位年輕小姐多麼迷人啊！」與貌美絕倫的陌生女子共處於一個封閉的小隔間，就他們兩個人，而且幾乎是肩靠肩即將親密的共度一晚。在勞爾看來，這樣的豔遇理當盡情享受。於是，他決定不再把時間浪費在閱讀、沉思或偷看上。

他讓自己向窗邊挪近了一個位置。顯然，英國女子也意識到這位對坐的乘客有意與自己交談，但她仍絲毫未表現出興趣。勞爾只好自己先挑起話題。他毫不尷尬，反而以一種極爲敬重的口吻說：

「我可以跟您說幾句話嗎？我想冒昧提醒您一件非常重要的事。」

她隨手挑了一塊巧克力來吃，沒有抬頭，簡短地輕聲說著：

「先生，如果您只是說幾句話，可以的。」

「夫人……」

「咳，是小姐。」

「……呃，小姐，我無意間看到您一整天都被一位可疑的先生跟蹤，而您並未察覺……」

她打斷了勞爾：「做爲一個法國人，您這舉動的失禮程度還眞令人吃驚。監督另一個跟蹤我的人恐怕不是您的職責。」

「這是因爲那個人看起來很可疑……」

「他是我認識的人，我在去年與他相識，他是馬雷卡爾先生。至少，他只是有禮貌地遠遠跟著我，而不像您這樣，侵入了我的座位隔間。」

勞爾被戳中要害，欠身說道：

「很好，小姐，您一針見血，我無話可說。」

「的確，您也只能保持沉默了，我建議您在下一站下車。」

「十分遺憾，我有事不得不去蒙地卡羅。」

「我想，打從您知道我要去蒙地卡羅開始，您就有事要前往了。」

「並非如此，小姐。」勞爾直接了當地回答，「是自從我在歐斯曼大道的咖啡館第一眼見到妳開始。」

女子迅速反擊。

「不對吧，先生。」英國女子反駁道，「您愛慕的是那位擁有綠翡翠般漂亮眼睛的年輕女孩，假如當時在爭吵過後您能追上她，一定早就陷入她的愛情漩渦了。您追不上她，便轉而跟著我，就和您好意向我揭露的那位男士一樣，你們兩位的伎倆如出一轍，先是跟蹤我到剛果狄亞飯店，然後一路尾隨我至車站餐廳。」

勞爾開始調侃起來。

「小姐，看來我的行爲並沒嚇跑您，這眞令人安心。」

「先生，沒有任何事能嚇跑我。」

「我的確察覺到了這一點。也許，您還能說出我的名字呢。」

「勞爾·林姆茲——探險家，曾經去過西藏和中亞。」

勞爾毫不掩飾他的驚訝。

「眞是受寵若驚，能否請問您是如何進行調查而得知？」

「我並沒有進行任何調查。當一名女子看到一名男子在列車開動前最後一分鐘急匆匆地走入她的座位隔間，她當然得小心。既然，您用您的名片裁下了小冊子中的兩、三頁紙張，而我又正好看到了這張名片，於是想起近來有篇採訪報導是關於勞爾・林姆茲的最新一次探險。僅此而已。」

「僅此而已。卻得要有一雙犀利的眼睛。」

「我的眼睛極好。」

「可是，您從未將視線從盒子上移開，這已經是您吃的第十八塊巧克力了。」

「我並不需要用雙眼去看才能看穿，也不需要費力思考來加以猜測。」

「您在猜什麼？」

「猜想您的眞實姓名並非勞爾・林姆茲。」

「我當然是！」

「先生，如果那是您的眞名，您帽子底下所繡的首字母縮寫就不會是H和V……除非您戴的是朋友的帽子。」

勞爾有些不耐煩了。他可不喜歡在一場由自己發起的較量中，對手總是占上風。

「那麼，您覺得這個H和V代表了什麼？」

她大口嚼著第十九塊巧克力，用同樣漫不經心的語氣說：「先生，這兩個首字母的姓名組合相當少見。每次當我看到時，總是不由自主地想更靠近它們，它們像極了某次我曾見過的一個姓名縮寫呢。」

「可以請教您是什麼名字嗎？」

「在您看來，它可能並無任何意義。因爲對您而言，這是個陌生的名字。」

「說來聽聽？」

「奧瑞斯．維蒙。」

「奧瑞斯．維蒙是誰？」

「奧瑞斯．維蒙，是某人用來掩飾身分的眾多假名之一……」

「用來掩飾身分？」

「**亞森．羅蘋**。」

勞爾哈哈大笑起來。

「我是亞森．羅蘋？」

她抗議道：

「您在想什麼！我只是告訴您，您帽子上的首字母縮寫非常可笑地喚起了我的回憶。此外我也正好十分愚蠢地想到，您這好聽的名字勞爾．林姆茲，與亞森．羅蘋也同樣在使用的勞爾．安荷西這個假名極爲相似。」

「小姐，您回答得太好了！但請相信我，如果我有幸是亞森．羅蘋，就不會坐在您對面扮演這個有些愚蠢的角色。您看，您多麼善於嘲笑我這無辜的林姆茲！」

她把巧克力盒遞給他。

「先生，吃塊巧克力撫慰一下您的挫敗吧。還請讓我睡一會兒。」

「我們的談話不會就到此為止吧？」他懇求道。

「不會的，如果無辜的林姆茲無法讓我感興趣，相反地，那些用假名來代替真實姓名的人總能令我驚奇，像是他們為什麼要偽裝自己？這還真是引發人超乎尋常的好奇……」

「看來貝克菲爾小姐允許自己擁有超乎尋常的好奇心。」他明目張膽地接話，還不忘補充，「小姐，您瞧，我也知道您的名字。」

「庫克公司的職員也知道。」她邊笑邊說。

「好吧，我輸了。」勞爾承認，「一有機會，我就會扳回一城。」

「機會總是出現在我們的意料之外。」英國女子下了結論。

她那藍寶石般的明眸第一次直視著他，他不禁為之心動。

「如此美麗，卻又這般神祕。」他低語。

「這雙眼睛是世界上最平凡的。」她接著說道，「我叫康士坦絲・貝克菲爾。我要前往蒙地卡羅與我父親貝克菲爾勛爵會合，他在等我和他一起去打高爾夫。除了高爾夫球，我也很熱中其他運動。我為一家報社工作，以此謀生，並獨立自主地生活。記者這個職業能讓我拿到各式各樣的第一手資料——像是社會名流、政府要員、將軍、冒險家、偉大的藝術家以及著名的小偷。我在此向您致敬，先生。」

她往臉上攏了攏披肩的兩端，將她那滿頭蓬鬆亮眼的金髮埋入枕頭中，以毯子蓋住肩膀，把腳放到了長椅上。

「小偷」——這個字眼讓勞爾不由得戰慄了一下，他不過只說了幾句無關痛癢的話。他吃了閉門羹，最好閉嘴，再找機會扳回劣勢。

他安靜地待在角落裡，這次的豔遇讓他張皇失措，內心卻又充滿喜悅與希望。這名女子還眞是美妙，不僅見解獨特且極具魅力，像一團謎卻又十分坦率。她的觀察力非常敏銳，輕而易舉就能看穿他。她竟注意到他因輕忽危險而造成的失誤，啊……這兩個首字母！

他抓起帽子，一把扯掉絲質的內裡，從通道的窗戶扔了出去。接著他又坐回原位，舒舒服服地躺在枕頭上，懶洋洋地胡思亂想起來……

生活向他展現了迷人的一面。他還年輕。錢包裡裝滿了輕鬆掙來的錢。他聰明的腦袋裡醞釀著二十個就要落實的計畫和極可觀的收益。此外，明天早上，一位美麗動人的女郎將在他面前醒來。

他沾沾自喜地幻想著。半睡半醒間，他看見天空般蔚藍的明眸。奇怪的是，這雙眼睛卻漸漸抹上了出乎意料的色彩，化成了綠色的波浪。他再也分不清這記憶模糊的半天裡，看著他的眼睛到底是英國女子的還是巴黎女孩的。那位年輕的巴黎女孩對他友善地微笑；最後，睡在他對面的人竟變成了她，嘴邊帶著微笑，神情安靜。同時，他也沉沉地睡去。

儘管火車行走顛簸，他仍心滿意足地在美夢中安睡著。勞爾恬靜地漂浮在寬闊的空間裡，藍眼睛和綠眼睛都在那兒閃閃發亮。旅途如此愜意，他絲毫未留意周圍的一切，不像以往的自己總是保持著警戒。

他犯了一個錯誤。在列車上，應時時小心，尤其是在人少的時候。因此，他完全沒聽見與第四節車廂連結的那道折棚門被打開，也沒聽見三個穿著灰色長罩衫的蒙面人正踮著腳靠近，來到他和英國女子的座位隔間前。

他犯的另一個錯誤是——他沒遮住那盞亮著的燈。如果他用帷幔將它遮住，這些人實施殺人計畫時就不得不點火，那麼，勞爾也會被驚醒。

最終，他什麼也沒聽見，什麼也沒看見。其中一名男子手持左輪手槍，在走道上把風。另外兩個以幾個手勢交流之後，分配妥工作，從自己的口袋掏出了棍棒。一個攻擊勞爾，另一個襲擊那位睡在毯子底下的。

儘管進攻的命令聲低不可聞，勞爾依然察覺到他們的低語，他醒了，立即伸直手腳。突然，他無力招架，額頭上重重挨了一下，昏了過去。直到被掐住喉嚨，他才恢復知覺。他看到一個黑影從他面前晃過，衝向貝克菲爾小姐。

那一刻，天昏地暗，黑暗朝他撲面而來。在黑暗中，他像個溺水的人喪失了最後的抵抗能力。

當他再度恢復意識時，腦袋裡不停拼湊著這些支離破碎、令人痛苦的影像，他記起了整件事的始末——他們把他綁住，用力塞住他的嘴巴，拿粗布裹住他的頭，搶走了他全部的錢。

「幹得漂亮。」一個聲音說，「但這還只是『前菜』。你把另外一個綁住了嗎？」

「他已經被一棍打暈了。」

但那一擊並沒讓她完全昏過去，她不甘心就此被綁著，仍不斷咒罵、扭動著。一場激烈的搏鬥在長椅上展開，接著傳出尖叫聲……女性的尖叫聲……

「媽的，這是個婊子！」一個聲音低沉地說，「她又抓又咬的……喂，你認識她嗎？」

「你應該問你自己。」

「我先讓她閉嘴再說！」

那人用了一些手段讓她逐漸閉嘴。叫喊聲漸漸減弱，變成喘氣和呻吟，然而她還在掙扎……一切都發生在勞爾面前，他覺得聽起來像在噩夢裡用盡全力反擊。

突然間，所有騷動結束了。走道傳來第三個人的聲音，顯然是那個負責把風的人，他刻意壓低聲音命令：

「夠了！放開她，你不是想殺了她吧？」

「我怕……還是搜一下身吧？」

「行了，閉嘴！名字是D……」

兩名強盜走出隔間外。他們在走道上爭吵起來，勞爾甦醒了，試著想反抗脫身，卻無意間聽到：「對，再往前走一點……車廂末端的那個隔間。快！查票員要過來了……」

再下一秒，有名強盜俯下身子對勞爾說：「你要是敢動一下，就得死。給我老實地待著！」

三組腳步聲朝車廂的另一端走去，勞爾記得之前那兒坐了兩位乘客。他試著鬆開繩子，想藉著移動下頷挪開塞在嘴裡的東西。

用來蒙住他臉的布沒綁緊，突然間掉了下來。勞爾看到年輕的英國女子跪在那裡，手肘支撐在長椅上，眼神空洞地望著他。

遠處，轟鳴聲格格作響。車廂末端的座位隔間裡，三個蒙面的強盜應該正在和那兩名乘客交戰。突然，其中一個強盜慌張地飛奔而過，手裡還拎著一只小行李箱。

列車正在減速，極可能是軌道維修工程減緩了列車的行駛速度，這是發動襲擊的良機。

但勞爾絕望了。無情的繩子越綁越緊，但儘管嘴巴被塞住，他仍努力和年輕的英國女子說話：「請您一定要撐住……我會照顧您。啊，究竟發生了什麼事？您還好嗎？」

原來強盜們方才狠狠掐住年輕女子的喉嚨，已經折斷了她的脖子。她的臉布滿黑色的斑痕，不斷抽搐著，就快要窒息。她全身不住地顫抖，勞爾立即意識到這名女子正處於死亡邊緣。

女子勉力地將上半身俯向勞爾，他感覺到她喑啞的呼吸。在逐漸衰竭的喘氣聲中，她以英語斷斷續續地擠出幾句話：

「先生……先生……您聽我說……我就要死了。」

「不會的。」勞爾驚慌地說著，「請您振作起來……試著觸動一下警鈴。」

她已經沒有力氣。而儘管勞爾擁有超乎常人的力氣，卻沒有任何機會脫身。他一向習慣隨心所欲地取勝，但面對這場可怕的死亡，竟只能當個無能爲力的觀眾，這對他而言是何等的煎熬啊！事件超出了他的掌控，在他的周圍形成漩渦，令他激動得情緒就要爆發。

第二個蒙面強盜提著一只旅行包、手持左輪手槍，後面還跟著另一名強盜，他們從車廂末端再次返回勞爾和英國女子的座位隔間。勞爾盤算著，車廂盡頭那兩名乘客很可能已經被殺。列車前行得越來越慢，凶手眼看就要趁隙順利逃脫。

然而教勞爾大吃一驚的是，兩名強盜竟突然停下腳步，顯然有道障礙橫阻在前，令他們感到遲疑害怕。他猜測，必定是有人突然出現在折棚門的舷梯入口……很可能是查票員巡邏回來了。

下一秒，立刻傳來尖叫聲，外面突然發出扭鬥聲響。走在前面的那個強盜甚至還沒來得及用上武器，槍便從他手中脫落了。列車查票員正與他纏鬥著，兩人倒在走道地毯上扭打起來。而後面這個共犯強盜，是個看起來非常瘦弱的小個子，他身上的灰色罩衫沾染了血跡，頭戴一頂大大的鴨舌帽，臉孔藏在絲質面罩底下，他試圖上前救出自己的同夥。

「加油，查票員！」勞爾激動地大叫，「……來人啊，快來救人！」

但查票員無力抵抗，他的一隻手被那小個子強盜按住，另一名強盜則趁機抓起他的上半身，伸出細長的拳頭連續狠擊著他的臉。

之後，小個子強盜站起身來，此時他的絲質面罩不知被什麼物事鉤住，掉了下來，一併扯下那頂過大的鴨舌帽，但他隨即重又戴上帽子和面罩。但勞爾仍然看到了一頭金色秀髮和一張可愛、驚愕又慘白的臉龐，「他」正是勞爾下午在歐斯曼大道咖啡館遇見的──碧眼少女。

悲劇終於走到尾聲。後面這兩名強盜也順利逃跑了。勞爾嚇得呆住，無法言語。查票員經過好一段時間的苦苦掙扎，終於成功爬上了長椅，拉響警鈴。

英國女子奄奄一息。她在死前用盡最後一口氣力，說了些含糊不清、不連貫的話：「看在上帝的份上……您聽我說……要拿……您得拿……」

「拿什麼？我幫妳……」

「看在上帝的份上……把我的包包拿過來……拿走文件……我父親什麼都還不知道……」

她的頭垂下來，她死了……列車停下。

chapter 2

列車凶案

自從勞爾看到那最不可思議的一幕後，貝克菲爾小姐的死亡、三個蒙面人的野蠻襲擊、車上兩位乘客極有可能已經被殺、丟失的金錢……所有這一切在他腦中頓時變得無足輕重。那位碧眼少女，他所見過最和藹可親、最迷人的女子，竟籠罩上了犯罪的陰影！她光芒四射的形象竟出現在強盜和凶手的卑鄙面具下！從見到她第一秒開始，他的男性本能便追逐著她，啊，那個擁有翡翠般美麗眼眸的女子。再見面時，她竟穿著染血的罩衫，露出狂亂的臉龐，和兩個可怕的凶犯在一起，像他們一樣搶劫、殺人、散播死亡！

一直以來，他探險家般的人生無時不刻充滿恐怖和醜陋，讓他即使面對最糟糕的場面也不爲所動。但此刻勞爾依然爲這教人難以置信的事實感到驚訝，甚至鬱悶。但事實遠遠超乎他的想像。

外面一片嘈雜。陸續有相關人員從附近的博庫爾火車站趕來。一隊工人正在維修鐵道。外面傳來一陣喧譁，人們都在尋找警鈴聲是從哪裡傳來的。

查票員切斷綁住勞爾的繩子，聽著他的講述。接著他打開走道的窗戶，並向同僚們比劃手勢。

「過來這裡！到這邊來！」

他轉過身對勞爾說：

「這名年輕的女子……她已經死了，對嗎？」

「是的……是被勒死的。還有其他的死者……在車廂的另一端還有兩名乘客。」

他們迅速朝走道的盡頭走去。

在最後一個座位隔間，他們發現了兩具屍體。沒有任何打鬥的痕跡。行李網架上沒有任何東西。沒有行李，也無包裹。

這時候，車站人員試圖打開連接這一側車廂的門。門被卡住了。勞爾霎時明白三個強盜之所以從原路返回，從進來的那扇門逃跑的理由。

緊接著，車站人員發現強盜用來逃跑的那扇門是開著的，他們紛紛登上列車，也有些人好奇地從折棚門的舷梯走過來，這兩節車廂瞬間擠滿了人。此時，一個強有力的聲音急切地說：「不要碰任何東西！……不，先生，請不要動這把左輪手槍，這是非常重要的證物。所有人最好都離開這兒。這節車廂將會脫離列車，火車馬上要開動了。對吧，站長先生？」

經過幾分鐘的混亂，此人直接了當說明了情況，明確下達命令，要所有分散在車廂各處的人都聽從站長的指令。他大聲地吩咐，很習慣發號施令。勞爾朝他看去，驚訝地發現他正是——跟蹤貝克菲爾小姐、搭訕碧眼少女、自己向他借過火的那位，也就是被英國女子稱之爲馬雷卡爾先生的油頭男子。他站在車廂入口，英國女子的屍體躺在那兒，他強行擋下所有闖入車廂的人，將他們推回敞開的門邊。

「站長先生，」馬雷卡爾繼續說道，「請您看管好您的人，好嗎？也請您將同仁一併帶出去。此外您得先打電話給離這裡最近的警局，再找一名醫生，然後通知羅密約本地的預審法官，說這裡發生了一樁凶殺案。」

「是三樁罪案。」查票員更正地說，「而且偷襲我的那兩個蒙面罪犯已經逃脫。」

「我知道。」馬雷卡爾回答，「鐵道工人們瞧見了他們的身影，我已經派人去追捕。路旁的山坡上有個小樹林，我們也已經在周圍和國道沿路展開搜捕。如果人抓到了，我們自然會得到進一步消息。」

他正色地說著，動作手勢俐落，透露出狂傲。

勞爾越發吃驚了，這會兒他已恢復了冷靜。這個油頭男子在這兒幹嘛？此人的態度何以如此囂張？這種人的放肆往往是爲了掩飾他們隱藏在光鮮亮麗外表下的眞面目。

勞爾怎麼可能忘得了，這馬雷卡爾足足跟蹤了貝克菲爾小姐一整個下午，甚至在她出發前還一直監視著她，因此他絕對有可能於命案發生當時出現在第四節車廂，也許就在連接兩節車廂的舷梯裡……。這三個穿過舷梯突然在這節車廂現身的蒙面強盜，而第一個強盜也是從這兒折回，那個強盜會不會就是現在扮演著正義角色、正在發號施令的這個人呢？

車廂清空了。只剩下案發當時在現場的查票員。勞爾試圖坐回他的座位，卻遭攔住。

「先生，這是怎麼回事！」勞爾高聲說道，看來這位馬雷卡爾先生並沒有認出他。「我本來就坐在這兒，我只是想回到自己的座位。」

「先生，這可不行。」馬雷卡爾反駁道，「發生命案的現場屬於調查範圍，沒有得到許可，任何人都不准入內。」

查票員則在一旁幫腔。

「這位乘客也是受害人。他們把他綁住，搶了他的錢。」

「爲此我深表同情，」馬雷卡爾不帶感情地說，「但這是命令。」

「誰的命令？」勞爾被激怒了。

「我的命令。」

勞爾雙手交叉抱在胸前。

「得了吧，先生，您有什麼權利命令我？其他人接受您狂傲囂張地下命令，我可沒這個心情忍受您。」

油頭美男遞上自己的名片，故作正經地強調：

「我是直屬內政部的國際探員——魯道夫．馬雷卡爾。」

他似乎想表達，在這如雷貫耳的頭銜面前，所有人只有低頭的份。馬雷卡爾接著又說：「我接手調查，自然是得到了站長的同意，我的特殊職權賦予了我這個權力。」

勞爾有些狼狽，不過他忍住沒發作。他之前並未特別留意「馬雷卡爾」這個名字，但記憶中突然想起對某些事件的模糊回憶——這位警探似乎在一些案件裡展現出非凡的才能和洞見。無論如何，這個人並不值得他勞爾費神。

「是我的錯，」勞爾心想，「與其在那蒙面女孩身上浪費感情，還不如抓緊時間從英國女子這邊入手，幫她完成最後的心願。油頭男，我會再繞回來逮住你，查明你何以正好出現在這班列車上，還如此巧合地被任命調查這個案件，而且事件的兩位主角竟然恰好就是今天下午出現在你身邊的兩名年輕女子。啊，好一樁美事！」

勞爾頓時換了一副嘴臉，佯裝出對馬雷卡爾的地位和威望十分敬重的神色，以尊敬的語氣說道：「先生，還請您多多包涵。我雖久居國外，卻聽聞過您的大名，這令我想起有個耳環案件……」

一經吹捧，馬雷卡爾立刻顯得神氣活現。

「沒錯，那是勞倫蒂尼公主的耳環。」他說，「那件案子我的確辦得很不賴。但今天，我更要大顯身手。在警局的人，尤其是預審法官到來之前，我很樂意進一步調查案……」

「進一步調查案件，讓警局方面和預審法官只需要根據您的調查做出結論……」勞爾機靈地接話，且表示無比贊同，「您說得對極了，若有幸能爲您盡一點棉薄之力，我並不介意行程稍稍延遲，明天再離開。」

「當然好，非常感謝您。」

不一會兒，查票員告知所目睹經歷的一切後便先行離開。同時，這節車廂則被安置在停車線上，列車已經越行越遠了。

馬雷卡爾著手開始調查，他刻意支開勞爾，要他去車站找些床單來蓋住屍體。

勞爾故作殷勤，滿口應允地下了車，卻沿著車廂躡手躡腳來到車廂的第三片窗戶邊緣。

「果然不出我所料，」他心想，「這個油頭男想獨自檢查屍體，這是他預先想好的詭計。」

馬雷卡爾微微抬起英國女子的身體，解開她的旅行大衣，只見她腰上繫著一只紅色眞皮小袋。他鬆開皮帶扣，取下小皮袋，將它打開。裡面裝著一些文件，他立刻翻閱起來。

勞爾只看得到他的背影，看不見他的神情，因此無法判斷他看了文件之後有何反應，勞爾邊走邊咕噥了起來：

「老兄，你這麼著急也是徒勞，我一定會在你達到目的前逮住你。這些文件，當事人已經託付給我，除了我，其他人沒有權利碰它們。」

勞爾和站長的妻子、母親一起拿了些床單回來，她們自願爲死者守靈。同時，他還從馬雷卡爾那兒得知，他們已經包圍了躲藏在樹林中的兩名強盜。

「還有其他需要幫忙的嗎？」勞爾問道。

「沒別的事了。」馬雷卡爾說道，「其中一名凶手跑起來一瘸一拐的，而且我們在追他時還發現了一只卡在樹根裡的鞋跟，是女人的鞋跟。」

「那應該沒有任何關聯。」

「應該沒有。」

他們讓英國女子平躺在地上。勞爾看了那不幸殞命的美麗旅伴最後一眼，獨自低喃著：

「貝克菲爾小姐，我一定會爲您復仇。雖然我沒能整夜守護著您，並挽救您的性命，但我發誓一定會懲處殺害您的凶手。」

他轉即想到那個碧眼少女，對於這神祕的女子，他也咬牙切齒低聲重複著相同的仇恨和復仇的誓言。接著，他闔上年輕英國女子的雙眼，將床單覆上她蒼白無血色的臉龐。

「這個女人眞是漂亮。」勞爾說道，接著故意試探地問，「您不知道她的名字嗎？」

「我怎麼會知道？」馬雷卡爾大聲回應，卻避而不答。

「這只紅色皮袋……」

「只能在預審法官面前打開。」馬雷卡爾一邊說，一邊將皮袋斜揹在肩上，並補充了一句，

「出乎意料的是，強盜並沒有把它拿走。」

「這裡面應該裝了一些文件……」

「我們等預審法官來吧。」馬雷卡爾又重複了一遍，「無論如何，那些強盜幾乎將您洗劫一空，卻絲毫沒動這位小姐的任何東西，像是腕錶、首飾別針、項鍊等等。」

勞爾敘述了事情的經過。一開始，他說得很詳細，他是那麼希望協助馬雷卡爾找出眞相。漸漸地，出於心底一些模模糊糊的理由，促使他開始歪曲某些事實。他絲毫沒提到第三個凶犯，僅大致描述了另外兩位的體型特徵，意即——並沒揭穿他們之中有一位是女性。

馬雷卡爾一邊聽，一邊提了幾個問題，接著他留下一個人看守，帶著其他人移步走向另外兩名死者所在的座位隔間。

這兩名死者長得十分相像，其中一個要年輕許多，但兩人具備著相同的外貌特徵——眉毛生得很濃密，都穿著剪裁糟糕的灰色衣服。年輕的那個，前額被打穿了一個大洞；年長的那位，則被子彈擊穿脖子，他們無疑都是一槍斃命。

馬雷卡爾十分謹愼、仔細地檢查了兩名死者，甚至沒移動他們的位置。他搜查了他們的口袋後，便用一條床單罩住了他倆。

「探長先生，我認爲您已經離眞相越來越近了。您是我們的指揮，我能對您說幾句話嗎？」勞爾率先開口，不忘送上幾句吹捧迷湯，只因他知道馬雷卡爾是何等虛榮自負的傢伙。

「那有什麼問題。」馬雷卡爾滿意地說著，便將勞爾帶到另一個座位隔間。「本地警局的人很快就會到，醫生也是。為了清楚表達我對此案的看法，我願意先公開初步的調查結果。」

「來吧，油頭男，」勞爾心想，「我當然是擁戴你的最佳聽眾。」

他佯裝出對這份榮耀感到受寵若驚。警探請他坐下，接著開口說道：

「先生，為了不受到某些矛盾與細節的迷惑，首先我想釐清兩件事，在我看來它們是非常值得留意的。第一點，您認識的這位英國女子是被誤殺的。是的，她是被誤殺的，先生您不用大驚小怪，這方面我有證據——當列車開始減速時，第四節車廂的強盜（我記得遠遠地瞄見過他們，我相信他們是三個人。）攻擊並搶劫了你，他們接著又攻擊了您對面的旅伴，將她用繩子捆綁住……但突然間，他們捨棄了這裡，而是去了更遠處、位於車廂末端的座位隔間。

「為什麼突然有此怪異舉動？為什麼呢？因為他們弄錯了。您的旅伴從頭到腳都蓋著毯子，讓他們以為搶的是兩名男士，突然間卻發現其中一個是女的。對此，他們非常驚恐，說完『媽的，這是個婊子！』後便速速離開，他們搜尋了整條走道，終於發現要找的那兩個人……但這兩個人卻奮勇抵抗，強盜因此開槍射殺他們，並將死者洗劫一空。行李箱、旅行包，所有東西都被拿走了，甚至是鴨舌帽……這樣一來，第一點顯然就成立了，可不是嗎？」

勞爾非常吃驚，並不是針對馬雷卡爾的這些假設，因為他自己打從一開始就是這麼認為，他訝異的是馬雷卡爾竟能如此精確、極富邏輯地進行推理。

「第二點……」馬雷卡爾繼續說，這位警探開始因勞爾的一臉仰慕而變得興奮。

他先遞給勞爾一個雕工精巧的銀質小盒。

「我在長椅的後面撿到這個。」

「鼻煙盒？」

「一個舊的鼻煙盒……用來當菸盒。剛好可以裝滿七根香菸……而且是女士們抽的那種金色菸草。」

「也有可能是男士的。」勞爾微笑著說，「因爲，畢竟這兒只有男士。」

「是女士的，我確信。」

「不可能！」

「您聞聞盒子。」

他把盒子湊近勞爾的鼻子，勞爾嗅了嗅，同意了他的說法：

「確實、確實如此……這個曾經裝在包包裡的菸盒殘留著女人的香水味，上面更帶有手帕、胭脂蜜粉和隨身噴霧的氣味，味道十分特別。」

「然後呢？」

「然後我被弄糊塗了。我們只發現了兩具男屍……而且，那兩個男子在殺完人之後就跑了。」

「也許是一男一女。」

「一女……您是說其中一名強盜是女的？」

「這個菸盒可以……」

「這種證據不算充足。」

「還有另一項證據。」

「是什麼？」

「鞋跟……我們發現那個卡在樹根裡的鞋跟。不過，我還是需要可以讓第二點成立——也就是強盜爲一男一女的可靠罪證。」

馬雷卡爾的洞察力竟如此敏銳，眞令勞爾爲之反感！他盡量克制自己不表現出厭惡之情，刻意發出一聲驚呼：「您實在太厲害了！」又再添了一句，「還有嗎？您還有其他發現嗎？」

「嘿！」馬雷卡爾笑著說，「您也得讓我喘口氣啊！」

「您打算一整夜都在這兒調查？」

「至少等他們把那兩個逃犯抓回來，如果他們依照我的指示去辦，應該很快就會回來。」

勞爾耐心聆聽著馬雷卡爾的長篇大論，他試圖營造出一種假象，讓人以爲他勞爾是個推斷能力平庸的一般人，滿心寄望旁人爲他釐清案情的來龍去脈。

隨後，勞爾又故意搖頭晃腦，邊打呵欠邊說：「警探先生，希望您調查愉快。我得承認我的情緒飽受打擊，而且這麼長時間以來我只休息了一、兩個小時……」

「去休息一會兒吧，」馬雷卡爾同意地說，「您可隨意找個座位隔間睡上一會兒……瞧，就這裡吧……我就在這兒看著，保證不讓任何人打擾您……我處理完事情後，也會過來休息一下。」

勞爾拉上了帷幕，遮住亮著的燈。這一會兒，他還沒想清楚要怎麼做。這樁案件異常複雜，在設想出周全的解決辦法之前，他樂得暫且先留意馬雷卡爾的意圖和各項行動。

「油頭男，」他心想，「我盯住你了。你就好比那寓言故事裡的烏鴉，幾句美言稱讚就能讓你忘形地張開嘴。你的事蹟固然值得炫耀，但你也實在太多嘴了。你想咬住那個陌生女孩，把她和同夥一起送進牢裡，這想法真令我驚訝。再怎麼說，這件事也該由我自己來。」

突然間，火車站的方向傳來說話聲，外面很快嘈雜了起來。勞爾仔細聆聽那些說話聲。馬雷卡爾將頭探出窗戶，朝外面的人群大聲嚷道：

「發生了什麼事？啊！太好啦，本地警局的人……我沒看錯吧？」

有人答道：

「警探先生，是站長派我們過來您這兒的。」

「您是局長嗎？抓到人了嗎？」

「只抓到一個，警探先生。我們追到離這兒一公里時，其中一個逃犯累倒在公路上，另外一個逃走了。」

「醫生呢？」

「我們到的時候，他已經出診去了。他還在來這裡的路上，四十分鐘後就會到。」

「局長，你們抓到的可是個小個子？」

「是的，一個臉色蒼白的小子，他戴著一頂過大的鴨舌帽，還邊哭邊說：『我只願意在預審法官先生面前說話……法官先生在哪兒？』」

「您把這逃犯扣留在車站了？」

「已經叫人好好看著他。」

「我現在就過去。」

「警探先生，如果您不介意，我想先瞭解一下列車上發生的事。」

局長帶著一名警員上了火車，馬雷卡爾站在踏階上方迎接他們，並立刻將他們帶往英國女子的屍體前。

「一切都很順利。」勞爾心想。他聽到了他們之間的全部對話。一旦油頭男開始解釋列車上發生的事件，想必得花上一小段時間。

這會兒，他混亂的頭腦總算理出了頭緒，突然浮現出乎意料的想法，連他自己也無法解釋，無法理解這行爲背後的微妙意圖。

他拉下大玻璃窗，俯身朝兩條鐵軌望去。沒有人，沒有一絲光亮。

他跳了下去。

chapter 3

黑暗中的親吻

博庫爾火車站位於鄉下，遠離了所有人煙。一條與鐵路垂直的公路將它連接到博庫爾村莊，公路通往羅密約，警察局就在那兒，再遠一點則是法庭的所在地歐塞爾。公路的右端被一條國道切斷，這條國道沿著邊界足足綿延了五百多公尺。

月臺上燈火通明，亮著電燈、蠟燭、提燈、火車燈，站長、一名職員、一個工人和一名警力都在這裡待命看守著，勞爾不得不萬分小心地往前走。有個身形高大的警察戍守在行李托運房前，兩扇門是開啓的，房間裡堆滿了行李包裹。

這個光線昏暗的房間堆放著許多小箱子，地上散落各種各樣的包裹。勞爾越走越近，他看到一堆物品上坐著一個弓著背一動也不動的側影。

「很可能是她，」他心想，「那位碧眼少女。房間的另一頭已經被鎖住，這個牢房很完美，因為他們守住了唯一的出口。」

情況對勞爾十分有利，前提是如果他能順利地不遇到任何阻礙，畢竟馬雷卡爾和警局局長很可能出乎他的意料突然出現。因此，他繞路跑到車站的後側，小心翼翼地不被任何人看到。已經過了午夜，沒有任何火車會進站，除了月臺上這些在閒聊的人，整座車站幾乎已經清空了。

他溜進車站登記處。左邊這扇門通往樓梯的門廊，右側另有一扇門，想來根據這裡的格局應該是如此。

房門上了鎖並無法對勞爾這樣的人構成什麼阻礙。他總是隨身攜帶四、五種工具，即使是最難應付的門他也能輕易打開。他試了一下，鎖便開了。他輕輕開了一道門縫，沒看見任何光亮。他推門而入，彎著身走了進去。外面的人既沒看到也沒聽到任何動靜，便漸漸不再留意安靜房間裡囚犯有節奏的抽噎低泣聲。

月臺上的工人正在講述樹林中的追捕過程——當時，他在矮樹叢中以提燈照射，將逃犯趕了出來。如他所述，另一個瘦高的強盜像兔子般一溜煙逃跑了，但他應該會再回來救這個小個子。況且天色很黑，追捕十分不便。

「這個小傢伙馬上就開始喃喃自語起來，」工人興致勃勃地說著，「那個軟腳蝦，笑死人了，一直哭著問：『法官在哪兒？在他面前我會招認一切的……求你們帶我去見法官！』」

勞爾低聲對她說：「不要害怕。」

她停止了哭泣。

他繼續說：「不要害怕……我是您的朋友。」

「是季詠嗎？」她悄聲問道。

勞爾知道這是另一個逃犯的名字，他答道：「不是，我是能將您從警方手中救出的人。」

她不再說話，懷疑這很可能是個圈套。

他微微展現強硬，堅持著說：「妳就要接受審判了。如果妳不跟我走就會坐牢，重罪法庭會……」

「不會。」她反駁道，「法官先生會放了我。」

「他不會放過妳的。有兩個人被殺了，而妳的罩衫上沾滿了血。來吧，沒有時間猶豫了……來吧，跟我走。」

一陣沉默之後，她喃喃地說：

「我的手被綁住了。」

他蹲下身用刀子割斷繩子，問道：「現在他們能看得到妳嗎？」

「只有那個警察在轉身的時候隱約看得見我，這是因爲我在黑暗中的關係……其他人就看不到了，他們站的位置比較靠左……」

「很好。啊……等一會兒，聽著……」

月臺上傳來腳步聲，他聽出是馬雷卡爾。勞爾命令道：

「不要動……他們來了，比我預計得更快……您聽到了嗎？」

「噢！我好怕。」少女結結巴巴地說，「這個聲音好像是……上帝呀，這不會……」

「是的。」勞爾接著說，「這是馬雷卡爾的聲音，您的敵人。但不必害怕……您還記嗎，不久前，在林蔭大道上介入妳和他之間的那個人正是我。我懇求您千萬別害怕。」

「但他走過來了……」

「那不一定……」

「萬一他過來呢？」

「就假裝睡著或暈倒。把頭埋進妳的臂彎裡，不要動……」

「如果他想看看我？如果他認出我怎麼辦？」

「不要回答他，不管怎麼樣都別說一個字。馬雷卡爾不會馬上展開行動，他會考慮好，然後再……」

勞爾十分擔憂。他猜想，馬雷卡爾急於知道自己有沒有弄錯，他想證實這個強盜是個女的。因此他會馬上開始審問，而且無論如何都會以防萬一，親自看守。

另一邊，這位大警探正愉快地大聲說道：

「站長先生，您回來啦！您抓住了囚犯，而且是個重犯，這下子博庫爾火車站要出名了。局長，這個囚禁地點選得太棒啦，我相信這是最好的選擇。爲了謹愼起見，我還是得確認一下……」

果然如勞爾所料，他一邊說一邊朝房間逕直走來。這個人和女孩之間將發生可怕的一幕。只消幾個動作、幾句話，這個陌生的碧眼少女便會完蛋。

勞爾已經準備撤退。但這就意味得放棄所有希望，向這群烏合之眾繳械投降。

他決定躲回黑暗中。

馬雷卡爾走進了房間，但仍與外面的人繼續交談著——他刻意不動聲色，以此掩飾他想單獨監視犯人的想法。勞爾與他相隔一段距離，以確保不會被馬雷卡爾發現。

警探停下腳步，大聲說道：

「他看起來好像睡著了……呃，老兄，不能聊幾句嗎？」

他從口袋拿出手電筒，按下按鈕，就著光掃視了一圈。他只看到一頂鴨舌帽和兩條緊緊環抱著的手臂，他分開了這雙手臂，稍稍拉提起帽子。

「太好了。」他輕聲低語，「一個女人……一個金髮女人！來吧，小妞，讓我看看妳迷人的小臉蛋。」

他用力抬起她的頭，硬是扳了過來。那張臉完全出乎他意料，令他覺得自己看到的不是眞的。

「不、不！」他喃喃自語，「這簡直令人難以置信。」

他下意識地朝門口看了一眼，確認沒有任何人跟著進來。接著，他焦急地拿開帽子。在燈光下，那張臉毫無保留地呈現在他面前。

「是她、是她！」他低聲抱怨著，「我快瘋了。看哪，怎麼可能，她在這兒，她是殺人犯！是她、是她！」

他越靠越近，但這位俘虜一動也不動。她蒼白的臉毫不畏縮，馬雷卡爾氣急敗壞地對她吼道：「居然是妳！妳捲進了這什麼怪事？那麼，是妳殺了人……警察逮捕了妳。妳竟然在這兒，這怎麼可能是眞的。」

她似乎眞的睡著了。馬雷卡爾不再作聲，她眞的睡著了嗎？他對她說：

「就這樣待著，不要動，讓我來把其他人支開。一個小時後我會再回到這兒，到時我們再談談……乖乖待著，小妞。」

他想談什麼？難道他要對她提出什麼邪惡的交易？勞爾盤算著，馬雷卡爾應該還沒有明確的意圖，只因事件的發展出乎他的意料，他正尋思自己能從中得到什麼好處。

馬雷卡爾將鴨舌帽重新戴回碧眼少女的頭上，把她的金髮全部藏進帽子裡。接著他拉開她的罩衫，搜查了上衣口袋，什麼都沒發現。他重新站起，感到極度不安，沒有心思再細細檢查房間的其他角落和裡面這道門。

「眞是個可笑的小子！」馬雷卡爾故意一邊大聲說話，一邊朝月臺上的人群走去，「他肯定不到二十歲，看來又是個被同夥引向歧途的孩子……」

他看似漫不經心地繼續說著，讓人覺得他思維混亂，需要思考。

「我想，」他說，「預審法官應該不會對我這初步調查感興趣。在他們來之前，我就在這裡和你們一起看守犯人，或是由我負責就可以了。我一個人足以應付，如果你們需要休息一會兒……」

勞爾抓緊時間行動。他從行李房的包裹堆中抓出三個和囚犯穿著顏色相仿的包裹，準備堆疊起來，僞裝成這小個子囚犯。

他舉起其中一個包裹，低聲對她說：「把腳伸到我這兒來，我要把這個包裹放到妳腳的位置。很難移動，對吧？……然後，妳的上半身也往我這邊退……再來是頭。」

他拉住她的手，手很冰涼，他一再重複指令，少女顯然已經失了魂。

「求求您，照我的話做。馬雷卡爾什麼都做得出來，因爲您讓他丟過臉。既然他抓到了您，他一定會報復的。來，把腳伸過來……」

她的動作極小，幾乎沒有動，移動得異常緩慢，而且她花了三、四分鐘才開始動作。完成後，她的面前出現了一個略高出些許、與她有著相同身形輪廓的灰色蜷縮狀物體。當警察和馬雷卡爾從外面望進來時，會以爲她仍一直在那兒。

「加油。」他說，「趁他們轉身和大聲交談的時候，滑過來。」

他伸出雙臂接住她，她稍稍彎曲著身子，從門縫中被拉出來。到了門廊，她才重新站起來。他鎖上門，很快穿過行李房。但才剛來到車站前，她就暈倒了，整個人幾乎跪到地上。

「我不行了……」她呻吟著，「我走不動了。」

他毫不費力地揹起她，朝著通往羅密約和歐塞爾方向的樹叢奔去。他感到心滿意足，他得到了戰利品。殺死貝克菲爾小姐的凶手已無處可逃，他將代替社會對她進行審判。他會怎麼做？這不重要。這時，勞爾確信自己體內有股強烈的正義感指引著他，懲罰方式將由他所處的環境決定。

走了兩百多步之後，他停下腳步，但不是為了喘口氣，他凝神靜聽，只聽到樹葉沙沙作響和小動物的悄悄夜行。

「怎麼了？」女孩感到十分不安。

「沒事，不用擔心。很遠的地方傳來了馬蹄聲，這正合我意，它能救妳……」

他將她放下，搭扶著她的雙肩，彷彿她是個孩子似的。他們快步走了三、四百公尺，到了國道的十字路口，白色的路面出現在黑色的樹叢中。草非常濕潤，他背對著國道，在路邊坐下，輕輕地對她說：

「躺在我的腿上，好好聽我說。我們在這兒等一輛馬車，來的人是他們叫的醫生。我搞定那個傢伙之後，會把他綁到樹上，然後我們連夜駕車前往其他路上的任何一個車站。」

女孩沒有回答，他懷疑她是否聽進去了。她的手開始發燙，含糊不清地重複著：

「我沒有殺人……沒有殺人……」

「住口！」勞爾粗暴地打斷她，「晚點再說。」

他們都沉默了下來。熟睡的鄉村以無邊無際的寧靜包圍著他們，使他們感到平靜、安心。只有馬蹄聲時不時從黑暗中傳來。有兩、三次，在不確知的遠處，他們看見車燈如圓睜的雙目閃現。沒有任何嘈雜聲，沒有來自火車站的威脅。

勞爾陷入了奇怪的沉思，從這謎團般凶手急速跳動的心搏中，他感覺到有股狂亂的節奏，他想起八、九個小時前匆匆見過的那位巴黎女子，她有著一張無憂無慮的臉。然而，這兩個影像卻如此不同，在他腦中變得模糊不清。這閃耀著光輝的幻影緩解了他對殺死英國女子凶手的仇恨。他真有仇恨嗎？他緊緊抓住這個念頭，讓自己冷酷地想著：

「我恨她！不管她怎麼辯解，她就是殺了人……英國女子被她和同夥給殺了。我恨她，我會爲貝克菲爾小姐報仇。」

然而，這些話他都沒說出口，相反地，他的口中卻迸出一些溫柔的話：

「如果人類不去思考，不幸便會降臨，對吧？我們很幸運，我們知道罪惡已經過去，一切都順利解決了。請妳相信我，事情終將得到解決……」

他感到有種巨大的寧靜一點一點滲透進女孩的身體。她的身體不再那麼狂熱地起伏，不再從頭到腳顫動著。痛苦平息了下來，只因夢魇、恐慌讓人難以忍受，所有人都厭惡夜晚和死亡。

勞爾強烈意識到自己散發出的影響和力量。環境使某些人脫離了正軌，他卻能以一種神奇的方式使之回歸平靜，暫時忘記可怕的現實。

此外，他也將慘劇暫時拋到一旁。英國女子的死從他的記憶中消失了，躺在他身旁的不再是沾滿鮮血的凶手，而是那個光彩照人的巴黎女子。「我要懲罰她，讓她痛苦」——他內心的掙扎全然徒勞，他怎能不去理會身旁這名女子微微開闔的嘴唇中，所吐納出的芬芳呢？

車燈擴散出的光亮越來越近，醫生將在八至十分鐘後到達。

「是時候了，」勞爾心想，「我得離開她，我得行動了，一切都將結束。我和她之間再也無法擁有這樣的時刻，啊，一個如此親密的時刻……」

他慢慢地朝她靠過去，他猜想她正閉著眼睛，全然依賴著他的保護。她應該會想，這一切都很好，她已經脫離了危險。

突然間，他吻住了她的唇。

她微微掙扎了一下，嘆了口氣，什麼都沒說。他感覺到她接受了他的撫摸，儘管她的頭往後縮，卻屈服在這美妙的親吻中。吻持續了幾秒。她突然反抗地驚跳起來，繃緊手臂，想用力掙脫，一邊呻吟道：

「可恨！不知羞恥！放開我、放開我，您做出這種事真是可悲。」

他試圖冷笑，對她發怒，他想辱罵她，卻找不到詞彙。她推開他，消失在黑暗中，他呆坐在原地，低聲重複著：

得上她。

「這是什麼意思，是害羞！之後呢？什麼，她以爲我冒犯她……」

他站起身來，穿過樹叢去找她。她去了哪裡？厚厚的矮林成了她逃跑的絕佳掩護，他不可能追得上她。

他咒罵著發誓，現在對他而言一切只剩下仇恨，一個遭到羞辱的男子漢仇恨，他內心反覆思考著一個可怕的決定——他決定回到車站，拉響警報。

這時，他聽到不遠處有叫喊聲，是從公路那邊傳來的，聲音來源很可能是山坡後方的那段公路，他猜想汽車應該已經開到了那裡。他往山坡跑去，看見兩盞車燈掉落在原地，兀自旋轉著。馬車開走了，不再是安靜的馬蹄聲，而是被鞭子抽打後的亂蹄狂奔。兩分鐘後，勞爾在黑暗中循著叫喊聲，在矮樹叢裡發現了一個掙扎的男人身影。

「您是從羅密約來的醫生嗎？」勞爾關心地問著，「車站派我來接您，您是不是被襲擊了？」

「是……有個過路人向我問路。我停下車，他便掐住我的脖子，然後捆了我扔進荊棘叢裡。」

「他駕著你的馬車跑了？」

「對。」

「一個人嗎？」

「不，和一個前來與他會合的人……正因爲如此，我才會叫喊。」

「男的還是女的？」

「我沒有看清楚，他們說話非常小聲。他們逃走後，我馬上開始呼救。」

勞爾將他拉了出來：

「他們沒有塞住你的嘴巴嗎？」

「塞了，但塞得不牢。」

「用什麼塞的？」

「我的領巾。」

「有一種堵住嘴巴的辦法，很少有人知道。」勞爾將領巾抓在手中，把醫生翻轉過來，動手展示如何操作。

展示還沒結束，他用季詠用過的（我們不得不懷疑攻擊醫生的人就是季詠，而少女與他會合了。）籠頭和馬蓋布，再次捆綁住醫生。

「醫生，我沒弄痛您吧，眞是抱歉。噢，您別擔心這些刺人的荊棘了。」勞爾一邊說一邊移動他的囚犯，「瞧，我把您移到苔蘚這裡，您將在此度過一個不那麼糟糕的夜晚。這些青苔已經被太陽曬枯，變得很乾燥舒適了。哎呀，醫生，用不著感謝我。請相信，如果我能逃脫……」

勞爾此刻只想不惜一切代價追上那兩個逃犯。事情的進展令他十分煩躁。眞是愚蠢！怎麼會這樣！他把她抱在懷中，而不是掐住她的脖子，他親吻了她！有誰能在這種狀況下保持清醒？

但今天晚上，勞爾的所有企圖都將他引向了錯誤的行動。離開醫生之後，他並不放棄計畫，打算回車站偷一匹馬來騎，繼續展開行動。

他看到貨棚裡拴著騎警隊的三匹馬，有一名警察在看守。他走了過去，只見警察在列車尾燈的微光中睡著了。勞爾拔出刀，他沒有去割拴馬的繩子，而是小心地割斷繫著三匹馬的皮帶和韁繩。沒有了馬具，當警方發現碧眼少女不見時，也就難以進行追捕了。

「我不知道我在做什麼。」勞爾一邊想，一邊走回他的座位隔間，「我憎惡這個卑鄙無恥的女人。沒有什麼比將她繩之於法、履行我的復仇誓言更大快人心，否則所有努力都白費了，別忘了我是爲了什麼目的而救她。爲了什麼！」

實際上，他非常清楚這個問題的答案。如果他因那位女子擁有翡翠般的綠眼睛而對她動心，那麼她就在他身邊，他感覺到她如此虛弱，感受著她嘴裡散發出的芬芳氣息，他怎能不保護她？誰會交出一個我們曾經親吻過的女人呢？儘管她是殺人犯。

她在他的撫摸下輕輕顫動著，他相信，今後世上發生任何事都無法阻止他保護這陌生的碧眼少女，爲此他甘願與所有人作對。對他而言，今晚的這個親吻支配著整起事件，他聽憑本能戰勝理智，再次下定了決心。

正是出於這個原因，他得繼續接觸馬雷卡爾，以便獲知這名警探的調查結果，並找機會查看那位英國女子臨死之際託付給自己的那個紅色皮袋。

兩個小時後，馬雷卡爾回到他的座位隔間，精疲力竭地倒臥在對面的長椅上，勞爾不動聲色。

突然，他假意驚醒過來，打開了燈，看到警探扭曲的臉，凌亂的髮線，喪氣的鬍子，十分驚訝地說道：

「警探先生，您這是怎麼了？我差點認不出是您。」

「您還不知道？您沒聽說嗎？」馬雷卡爾含糊不清地說。

「發生了什麼大事嗎？我簡直睡暈了，直睡到現在。」

「逃走啦！」

「誰？」

「凶手！」

「他們不是抓到他了嗎？」

「是。」

「抓到了哪一個？」

「那個女的。」

「眞的是個女的？」

「是。」

「沒人看守她嗎？」

「有，只是……」

「只是什麼?」

「只是看守的竟然是一包衣服。」

勞爾之所以放棄追捕那兩個逃犯,必定另有意圖。在受到少女嘲弄之後,此刻他急切想做的便是嘲笑他人。倒楣的馬雷卡爾是不二人選。他想從馬雷卡爾口中探知案情的其他祕密,馬雷卡爾此刻的崩潰爲他帶來了十分微妙的心情。

「這簡直是個災難。」

「確實如此。」

「您什麼都沒查到?」

「什麼也沒有。」

「毫無有關共犯的新線索?」

「什麼共犯?」

「就是協助女犯人逃走的那個傢伙。」

「沒有任何線索!我們在地上找到了一些鞋印,幾乎到處都是,樹林中尤其多。然而,在車站出口的那片泥淖中,我們在平跟的鞋印旁收集到了一些完全不同的鞋印,尺寸小了些,鞋底更尖。」

勞爾將自己腳上那雙沾滿泥漿的短統靴,不動聲色地往座位底下縮,繼續興致勃勃地問著:

「這代表……外面有人接應？」

「毫無疑問。我看，這個接應凶手的人已經和凶手一起駕車逃跑了。」

「該不會是醫生的車？」

「那也得讓我們找到醫生才行。如果一直不見他，顯然已經被扔下車，丟進某個坑洞裡了。」

「要追還是能追得上，可不是？」

「怎麼追？」

「騎警隊有馬……」

「我已經去過拴馬的貨棚，才剛騎上一匹，馬鞍就立刻掉了，害我從馬背上滾下來。」

「怎麼會這樣！」

「看馬的人睡著了，有人趁機割開韁繩和馬鞍的皮帶。這下子，我們就無法進行追捕了。」

勞爾強忍著笑意。

「見鬼！您真是遇到對手了。」

「一位難纏的對手。過去，我曾全程盯著亞森．羅蘋對抗葛尼瑪探長的事件，今晚的事件發展居然讓我有此聯想。」

勞爾絲毫未表現出憐憫。

「這真是個災難。畢竟您對這次的案件可是寄予厚望，這似乎關係到您的前途？」

「確實如此。」馬雷卡爾說，他的挫敗令他急需取暖地吐露了更多祕密，「我在內閣中有許多強勁的敵人，立即逮捕這個女人對我十分有利。您想想，這整起案件將會多麼轟動，一位喬裝的年輕漂亮女罪犯將引起公憤，本來在二十四小時內，我的前途就會一片光明，而且……」

「而且？」

馬雷卡爾遲疑了一下。反正他已滔滔不絕講了幾個小時，即使事後會後悔，但現下他的確沒有什麼加以隱瞞的顧忌，於是他不吝在勞爾面前暴露更多想法。

「而且，這將會是一場雙重勝利，甚至多重，屆時我的身價自然不同。」

「雙重勝利？」勞爾裝作崇拜地說。

「是的，這是決定性的勝利。」

「決定性？」

「毫無疑問，沒有人能奪走我的勝利，因爲這樁案子有個女死者。」

「您是指那個英國女子？」

「正是。」

勞爾刻意帶著困惑求助的神情，看上去顯得相當崇拜依賴這位警探同伴，問道：

「您能解釋給我聽嗎？」

「當然可以，這等於在法官面前陳述兩個小時的案情罷了。」

馬雷卡爾已然精疲力盡，腦袋一片混亂的他一反以往的謹慎，竟像個菜鳥般開始喋喋不休起來。他俯身對勞爾說：

「您知道這位英國女子是誰嗎？」

「警探先生，這麼說來您認識她？」

「我當然認識她！我們甚至曾經是好朋友。六個月前開始，我就在暗處監視她，收集對付她的證據！」

「對付她？」

「嗯，當然，對付她！對付貝克菲爾。一方面她是英國貴族，大富豪貝克菲爾勛爵的女兒，但另一方面她也是個跨國大盜，行竊旅館的小偷、強盜集團的首領，所有這些不法情事都是她生活中的小小樂趣和愛好。但這個混蛋揭穿了我的身分和意圖，當我跟她說話時，我能感覺到她嘲諷的語氣，她總是那麼自信滿滿。好一個貴族大盜，是的，我已經向上級報告了。

「那我該怎麼做才能抓住她呢？昨天，我逮到她把柄了。我拿到她下榻旅館內部的人所提供的情報。貝克菲爾小姐收到一張從尼斯寄來的B莊園平面圖，這是他們即將下手的目標。她把這些資料和一疊相當可疑的文件都裝進了一個小皮袋，急著出發到南部。我自然也跟著她一起出發。我想，要嘛趁她行竊當場逮捕她，要嘛先取得她的文件。誰知道天助我也，我甚至不需要等那麼久，就殺出這班強盜把文件送到了我手裡。」

「那個皮袋呢？」

「她繫在一條皮帶上，將它藏在衣服底下，現在在我這兒。」馬雷卡爾一邊說，一邊得意地輕拍腰際的短大衣。「我不過略掃一眼就隱約看到一些確鑿的證據，像是B莊園的平面圖等等。她在圖上用藍色的筆寫上『四月廿八日』這個日期，也就是後天，這個禮拜三。」

勞爾不由得感到有些失望。這位陪伴他一整夜的漂亮旅伴竟然是個小偷！他更大的失望同樣來自於他無法反駁，有許多細節都指向這個指控。這也解釋了英國女子見到他時何以展現出如此非凡的洞察力，如果她與一個跨國偷竊集團有所關聯，便或多或少能獲知不同於人的資訊，那麼她能窺探到勞爾．林姆茲這個名字背後隱藏的是亞森．羅蘋，也就不足為奇了。

即便如此，難道就不該相信她在臨死前竭盡全力說出的那些話，那正是做為一名罪犯向羅蘋招認的供詞和請求啊——「請您維護我死後的名聲……但願我的父親什麼都不知道！……請將我的文件毀掉……」

「警探先生，但這麼做，是否會為高貴的貝克菲爾家族帶來不名譽？」

「你想幹什麼？」

「您想到這一點，不感覺難受嗎？同樣地，您想到要將這位女貴族和那位逃走的年輕女孩一樣繩之於法，這想法不會教您感到難受嗎？她們是那麼年輕，可不是？」勞爾反問地說道。

「不僅年輕，而且都非常漂亮。」

「但儘管如此？」

「先生，儘管如此，無論有什麼理由，都無法阻止我善盡職責。」

馬雷卡爾說這些話時，模樣完完全全是個利慾薰心的男人，他滿心想著立功！升遷！發達！

「說得好，警探先生。」勞爾一邊讚賞一邊猜想，馬雷卡爾很可能是把他身上背負的職責、野心，以及內在仇恨所驅使的什麼東西混為一談了。

馬雷卡爾瞄了一眼手錶，發現在預審法官到達之前，他還有足夠的時間休息。他半仰躺著，在備忘錄上潦草地寫下幾行字，還沒來得及寫完，冊子便滑到了膝蓋上，警探先生很快進入了夢鄉。

勞爾坐在對面，靜靜注視了馬雷卡爾好幾分鐘。打從他們在列車上再度相遇開始，記憶便一點一點領著他想起一些關於馬雷卡爾的事蹟。他想起，馬雷卡爾是個相當懂得玩弄陰謀的警探，更是個追求財富的野心之人，從事警探這一行純粹出於興趣，為了消遣，也為了從中獲取利益，以滿足他的私欲。勞爾清楚地記得，這個好命的男人可是眾多女子的地下情人，因此他的性格雖然有些魯莽，但在事業上卻時常得到女人的幫助，從而仕途平坦。傳言，他甚至能在內政部長家中自由出入，部長夫人似乎對他十分「欣賞愛護」……

勞爾拾起這位大警探的備忘錄，大剌剌地在上面寫下自己的觀察筆記，並時時留意著馬雷卡爾的動靜——

對魯道夫・馬雷卡爾的相關觀察。一個值得注意的警探。態度積極且頭腦清楚，但口風不緊。輕易信任第一次見面的人，不查問對方的姓名，不檢查對方腳上的短統靴，甚至不懂得觀察對方的容貌，以助做出印象評斷。

相當沒有教養。此人從歐斯曼大道的咖啡館出來時，遇見了一位他認識的年輕女子，不顧她的意願便上前與之搭訕。他在幾個小時之後再次見到這位經過喬裝改扮、滿身血污的女子，她被警察看守著，卻不去確認囚室裡的門是否鎖好，也不擔心那個被他留在車廂隔間的陌生人是否正躲在眾多行李郵包之間。

那麼，在此人犯下如此多輕率的辦案錯誤後，這個陌生人若決意據此任意行事，也就沒什麼值得訝異的了——他決定不公開自己的身分，也不願扮演凶案的證人和可鄙的揭發者。他將主動介入這起離奇的案件，並在皮袋文件的幫助下，努力捍衛可憐的康士坦絲小姐死後名聲，以及貝克菲爾家族的榮譽，且盡一切所能懲罰那位不知名的碧眼少女，但絕不允許除了他以外的任何人碰她一根頭髮，或要求她血債血償。

勞爾想起了他與馬雷卡爾在咖啡館前相遇的情景，便隨手在文末簽名處畫下一個戴著眼鏡、嘴裡叼菸的男人肖像，並在旁邊寫上——「魯道夫，能借點火嗎？」

警探鼾聲不斷。勞爾將備忘錄放回他的膝蓋處，接著從口袋掏出一個小瓶子，打開它，在馬雷卡爾的鼻子前晃了晃。一股濃烈的迷藥氣味散逸而出。馬雷卡爾的頭倒向了一旁。勞爾輕輕解開馬雷卡爾的外套，拉開那固定小皮袋的繫帶，將它改繫到自己的腰上，藏在上衣底下。

此時正好有輛列車行經，是載運貨物的小火車。他拉下大玻璃窗，沒被任何人發現，他從一塊踏階跳到了另一塊上，下一刻，已然舒適地待在載滿蘋果的列車車廂內。

「有個女盜賊死了，」勞爾自言自語著，「還有個罪該萬死的可恨女凶犯，可我竟然像維護聲譽卓著的大人物那樣守護著她們。見鬼！我究竟爲什麼要捲進這樣的事件裡？」

chapter 4

B莊園的寶物

多年後，當亞森・羅蘋再次回顧碧眼少女的故事時，他發現自己有個從不改變的原則，那就是——絕對不在時機尚未成熟時嘗試解決問題。要想解決謎團，需要等待機遇或具備機智才有助掌握足夠事實，否則就只能謹慎地一步步跟隨事件的發展來接近眞相。

時機未到。這正是何以面對一樁充滿矛盾荒謬之處、個別事件之間亦看似毫無關聯的案件，即使自認進行了最準確的推理，依然得不出任何歸納、無從獲致任何能指引方向的想法，最關鍵的因素所在。

勞爾自然不曾在他諸多的冒險犯難之中，妄下過快、過躁進的判斷。推論、直覺、分析、檢查多不可勝數的陷阱，他必得萬分小心，以免陷落了進去。

因此他整整一天都待在車廂的防雨布底下。載運著貨物的火車繼續朝南方飛奔而去，穿行在陽光燦爛的鄉間景致裡。他安靜地胡思亂想著，大口嚼著蘋果充饑，不花時間對那位漂亮女孩做些不堪一擊的假設。他不再去想她的罪行，以及她那邪惡的靈魂，而是回味著他所親吻過最柔軟、最甜美的嘴唇；這是他唯一願意去想的事情。為英國女子復仇、懲罰罪犯、找出那第三個共犯、奪回被搶的錢……當然，這些事都很有趣，但如果能再次得到那雙令他沉醉的翡翠綠眼睛和柔軟雙唇，才是最大的歡愉享受！

檢查完皮袋後，並沒有太大斬獲。共犯名單來自全國各地的加入者……非常遺憾，貝克菲爾小姐確實是個小偷，皮袋內的「證據」證明了這一點，看來即使是最聰明的人也可能犯下最不該犯的錯誤。此外，皮袋裡還裝著貝克菲爾小姐的信件，從信件上可以看出她的父親是個慈愛且正直的人。只是……信件中並未發現她與這起列車強盜殺人事件有任何關聯，也就是說貝克菲爾小姐和那位女凶犯之間沒有任何關係。

但其中有份文件饒有意思，就是馬雷卡爾提到過的，那封寫給英國女子、論及盜竊B莊園計畫的信件——

B莊園坐落在從尼斯通往西密耶的路邊，距離古羅馬競技場很近。這棟建築群被包圍在一片寬闊的大花園中，外面圍繞著高大的石牆。每個月的最後一個星期三，年邁的B伯爵會坐上他的敞篷馬車，帶著一名男僕、兩名女僕南下尼斯採買食物。所以這一天的下午三點至五點，莊園裡一個人都沒有。

順著石牆一直走，來到突出一角的拜楊河谷處，那兒有一道門專供僕役進出，是一扇十分陳舊的木製小門。門的鑰匙隨信寄上。

過去，伯爵伉儷之間的關係一直很緊張，夫人由於憎恨自己的丈夫，曾冒著生命危險將一份密件藏在一處十分隱密的地方，不久便撒手西歸。伯爵為了找到那份密件，絞盡腦汁，最終仍然沒找到。不過，已故的伯爵夫人曾經寫信給一位閨中密友，信中提及她將一個琴盒藏在堆放雜物的閣樓中，琴盒裡裝著一把壞掉的小提琴。如果沒有任何緣由，她何以特別提到這件事？而那位密友正好在收到信的那一天去世了，因此相當長的一段時間裡，這封信絲毫未被人注意到，只是埋沒在一堆舊信當中。兩年後的一天，我才偶然得到這封信。

隨信附上整座莊園的平面圖。閣樓就在樓梯的盡頭，早已廢棄。這項行動至少需要兩個人，其中一個負責把風，因為住在莊園附近的洗燙女工手上有花園另一扇鐵門的鑰匙，每當伯爵外出時，她都會進屋子裡去工作，所以行動時必須避開她。

如果決定了何時動手，請您馬上通知我。我們在約定的酒店碰頭。

附言：伯爵夫人所藏起的密件究竟為何物，仍然是個謎團，也許是指巨大的寶藏，又或者是科學祕密也說不定？我正盡力查明。總之不管如何，這次行動意義重大，沒有您的支持，這項計畫便無法進行！

G敬上

勞爾又再讀了一遍信件，他並不特別在意附言所指爲何，那想必得窮盡猜測和解讀之力才可能深入其中，倒是行竊B莊園這件事……

勞爾開始覺得這樁盜竊計畫有趣了起來。他在心裡謀畫著，對他來說行竊自然是小事一樁，但有些小事的價值卻等同於規模盛大的大事業。既然火車正開往南部，就沒道理錯失良機。

翌日夜裡，載貨火車駛進了馬賽站，勞爾從列車上跳下，又爬上一輛開往尼斯的快車。四月廿八日清晨，他從一名富商身上攢了些錢後，買了一只行李箱、一些衣物，住進了西密耶南邊的威望酒店。

他在酒店裡吃著午餐，一邊漫不經心瀏覽著當地報紙關於列車凶案或眞或假的報導。下午兩點鐘，經過一番精心喬裝假扮，確定馬雷卡爾不可能認得出來後，他出發了。馬雷卡爾怎麼會想到，他眼中的那個傻瓜居然有膽量代替貝克菲爾小姐去莊園作案？

「果實一旦成熟，就該採摘。而眼前這個果實正好成熟，如果任它腐爛，我豈不是太愚蠢了，可憐的貝克菲爾小姐一定不會原諒我這麼做的。」

佛勒杜尼伯爵的莊園建在路邊的一座小山丘上，視野正可俯瞰一大片高低不平、種滿橄欖樹的廣闊土地。圍牆外，三條聯外的石頭小徑依稀可辨。勞爾繞著圍牆走了一圈，觀察著周圍地形，他注意到莊園除了大門，尚有一扇陳舊的小木門，更遠處還有一道鐵門。距離小木門不遠處，有間木屋，很可能就是洗燙工的屋子。他又仔細觀察了一遍，然後折回正門，正好看見一輛馬車朝尼斯方向駛去。佛勒杜尼伯爵和他的僕人前往尼斯採購食物了，時間正好是三點。

「房子裡應該空無一人了。貝克菲爾小姐的手下也許尚不知道她已經遇害，還苦等在那個大酒店裡。何不趁此良機，將那把小提琴偷出來！」

他立刻返回小木門處，輕而易舉地從凹凸不平的石牆翻入花園，沿著雜草叢生的小徑朝房子走去。他發現房屋底層①的落地窗全都敞開著，門廳落地窗旁的樓梯果真通往高處的閣樓。但還未等他踏上階梯，電鈴就響了起來。

「見鬼！難道是伯爵設下的陷阱？」

教人煩躁的鈴聲不斷在門廊裡迴響著，但只要勞爾一動，鈴聲便戛然而止。電鈴固定在天花板附近，連接電鈴的線沿著牆面飾板通往門外。鈴聲並非勞爾不小心觸動，而是外力拉響了它。

勞爾立刻從屋子裡退了出去。只見電線高高懸在空中，從樹枝延伸至他剛剛走過的路徑。勞爾登時明白一切。

「一旦有人推開小木門，電鈴就會啓動。因此想進入房子的人，只要聽到遠處的鈴聲大作，便

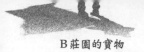

不敢貿然入內。」

勞爾登上左邊的小丘，山坡上樹木林立，從那兒可以望見房屋、整片橄欖田，和一部分的莊園圍牆及木門四周。

他試圖等待下一位闖入者，一秒鐘後，眼前的一切卻大大出乎他的意料。有個男子和他一樣翻過了圍牆，跨坐在牆頭，取下繩子的一端，扔了下去。

門從外面被推開，電鈴卻未響起，這時走進來一個人，是個女人。

在勞爾偉大的冒險生涯中，尤其是在最初的那幾年裡，總會遇見許多巧得令人驚訝萬分的情況。然而這個事件卻非同尋常，碧眼少女出現在這裡難道真的只是巧合嗎？和她在一起的男子，想必是那位季詠先生吧？他們迅速地逃跑，又很快到達這裡，闖入了這座莊園，而且就在四月廿八日下午這個時刻，所有的一切不正表明他們也知道整個計畫，並且和他勞爾一樣也是爲了小提琴而來？勞爾不得不懷疑被害的英國女子和殺人的法國女孩之間存在著某種關聯。這對作案夥伴身上帶了搶來的錢和行李後，當然沒可能放棄行竊。

他們從小門悄悄潛進來，穿過了橄欖林。男的十分削瘦，鬍子刮得乾淨清溜，兩眼凶光畢露，一邊查看手上的地圖，一邊東張西望地靠近主屋。

那個年輕女孩……儘管他毫不懷疑她就是那位碧眼少女，但他幾乎快要認不出她來。幾天前，在歐斯曼大道咖啡館內第一次目睹的嬌豔芳容已不復存在！但在他眼前的，也不是他在列車走道上看見的那張悲慘的臉，而是痛苦緊繃、帶著驚恐的憔悴面容，讓人心生不忍。她身著一襲樸素的灰色連身裙，衣服上沒有任何裝飾，頭戴軟帽，掩蓋住一頭奪目的金髮。他們繞過小丘，羅蘋則蹲在樹林中監視著他們，他下意識往旁邊瞄了一眼，竟瞥見有個男人的頭從石牆上冒了出來，頭上沒戴帽子，黑髮亂成一團，滿臉凶悍……但轉眼間，男人又消失了。

那是負責在小徑上把風的第三名共犯嗎？

碧眼少女和那個瘦高男子在離小丘不遠處的分岔口停下，兩條路分別通往門口和鐵門。季詠跑入主屋，將少女單獨留下。

勞爾在離她五十餘步遠處凝視著女孩，他心想，另一道來自那藏在牆後男人的目光，一定也透過木門的門縫注視著她。怎麼辦？通知她嗎？或是像在博庫爾那樣將她帶走，幫助她脫離目前他仍一無所知的危險境地？

好奇心戰勝了一切。他想瞭解事情的始末。在這一團混亂的案件裡，相互矛盾的事件彼此交錯，相互衝突，讓人無法看清事實眞相，他希望找到一條線索，然後在某個時刻裡抉擇出正確的道路，不讓自己因憐憫或仇恨之情而衝動行事。

但女孩卻倚靠著樹叢，漫不經心把玩著用來示警的口哨。勞爾無意中發現，女孩的年輕臉龐仍帶點稚氣，儘管她已超過二十歲。軟帽下微微揚起的髮絲在陽光下泛著黃金般的光澤，使她看起來好像被包圍在快樂的光暈中。

時間慢慢流淌著，一切彷彿都靜止了。突然間，勞爾聽見鐵門吱嘎作響，在小丘的另一邊，一名婦人手臂上正夾著一只衣物籃，邊走邊哼歌，朝主屋走去。碧眼少女也聽見了，她驚慌地趕緊蹲到地上，洗燙工仍繼續往前走，並未發現這個躲在小灌木叢後方的沮喪身影。

令人害怕的時刻到來了，季詠會對這位打擾他偷竊的闖入者做出什麼事呢？洗燙工自然是從僕役專用的門進入房屋，而這將教人措手不及。就在她走進房屋之際，季詠從主屋跑了出來，手裡拿著一個以報紙包住的小提琴盒。他並沒撞見那位女工。

女孩蜷著身子躲在樹叢下，對於主屋那邊的情況她一無所知，而當她的同伴穿過草叢悄悄走過來時，她的臉上又浮現在博庫爾謀殺了貝克菲爾小姐和兩個男人之後的那種驚恐表情。勞爾對此感到厭惡至極。

少女隨即告訴季詠方才的情況。季詠也害怕了，兩人面無血色地沿著小丘慌慌張張逃跑。

「是啊、是啊，」勞爾態度輕蔑地想著，「如果藏在圍牆後方的是馬雷卡爾和他的警力，那就太妙了！就能將這兩個強盜一舉擒獲，把他們一起送進監獄！」

然而，這天所發生的一切都大大出乎勞爾的意料。來不及深思熟慮的他，不得不開始行動。距離小門約莫二十步遠，勞爾在牆頭見過的那個蓬頭男，突然從預先埋伏的小徑荊棘叢中竄出，對準季詠的下頷就是一拳，季詠毫無還手餘地。怪漢奪過小提琴，挾住早已嚇壞的碧眼少女，飛一般地穿過橄欖林，朝莊園的反方向逃走。

這時，勞爾也從所在位置先他一步衝了出去。只見那名怪漢十分健壯，身手靈敏，他頭也不回地飛快逃跑，似乎沒有任何事能攔住他。

蓬頭怪漢穿過種滿檸檬樹的院落，來到一處突起的石牆邊，石牆最多僅一公尺高，形成了絕佳路堤。他先將少女放下，接著抓住她的手腕讓她滑向牆外，再將小提琴拋出，然後躍出了牆外。

「好傢伙！」勞爾心想，「他很可能事先在距離花園不遠的馬路上藏了一輛汽車。他一開始便盤算著先窺伺她，接著將她抓住，再把這行屍走肉般任人宰割的女孩擄回藏車處，扔進車裡。」

勞爾一走近小門，即發現自己的推斷無誤，門口果然停著一輛大轎車。

他們即刻準備動身。怪漢先在車子的引擎蓋搖了兩下手柄，然後拎著少女上車，立刻發動起車子來。路面顛簸，布滿了石頭，引擎費力地喘息著。勞爾輕而易舉跳上了車，跨過頂篷，躺進車內後座，躲在掛著的大衣後方。男子正費力地發動著車子，在一片嘈雜聲中無暇他顧，什麼聲響都沒聽見。

汽車終於駛出院外，開上了馬路。在轉彎前，怪漢以他那粗大有力的手掐住少女的脖子，低聲地威脅道：「如果想活命，就乖乖坐在那裡。別亂動，否則我就像對付火車上那個小妞一樣，勒死妳……」男子一邊冷笑，一邊繼續說著，「還有，休想叫救命……聽懂了沒，小妞？」

路上走著一些農民和閒逛的人。汽車飛快地遠離尼斯，朝山裡飛奔而去。少女一聲不吭，僵坐在座位上。

勞爾總算從這些事件和此番威脅交談找出了關聯性。在這起錯綜複雜、曲折彎繞的案子裡，到目前爲止沒有任何一個行動看似與凶案相關，但他不假思索便得出——眼前這名男子就是列車上的第三個強盜，而他所稱那個被掐住喉嚨的「小妞」，就是貝克菲爾小姐。

「事情就是這樣，不必再費心思考或進行邏輯推理，事實便是如此。而且還有一項證據可證明貝克菲爾小姐與這三個強盜之間存在著某種關聯。馬雷卡爾的判斷是正確的，英國女子是被誤殺的，但這些強盜仍出於同樣的目的趕來尼斯，他們要盜竊B莊園。

「是季詠策畫了這次的行竊計畫，那封署名G的信就是他寫的，他同時加入了兩個竊盜集團，一方面和英國女子一起謀畫行竊，另方面又想尋求他附言中提及難解之謎的答案。事情至此難道不夠一清二楚？接著，英國女子死了，季詠發現自己殺錯了人，但仍不甘心放棄偷襲佛勒杜尼伯爵莊園的計畫。由於計畫的進行須得兩個人，所以他就要碧眼少女來把風。如果不是另一個同夥想獨吞小提琴、並趁機挾持女孩，行動差點就成功了。但蓬頭怪漢爲什麼這麼做？這兩個男人是情敵嗎？目前爲止，這點還無法解釋。」

車行幾公里後，汽車朝右轉，幾乎是順著筆直的彎道滑行而下，接著駛上通往利文斯的公路，再往前行不是通往瓦爾峽谷就是高山地區。該怎麼辦？

「嗯……」勞爾心想，「如果他們要前往某個強盜共犯的藏身所，我該怎麼辦？難道要自己力拚半打瘋子，和他們大打出手爭奪碧眼少女？」

碧眼少女幾近絕望，她突然推開車門，冒著生命危險試圖從疾馳的汽車跳下。男子一把抓住女孩的手臂，將她扯回副駕駛座。

「不要幹蠢事！如果妳要死，那得由我決定什麼時侯殺妳。在季詠和妳幹掉快車上那兩兄弟之前，我對妳說過什麼，妳沒忘記吧。還有，我勸妳……」

怪漢話還沒說完，便發現自己和女孩之間突然冒出了個人，那人扮著鬼臉，上半身十分強壯，還使勁想把他推擠到一旁，一邊冷笑著說：「最近好嗎，我的老朋友？」

男子嚇得目瞪口呆，突然往旁邊一轉，三個人差點一起掉下山谷。男子嘟噥道：

「見鬼！這傢伙是……是誰？他從哪兒冒出來的？」

「怎麼！」勞爾說，「你不記得我啦？既然你剛剛提到了快車，你應該還記得，我正是那個一開始就被揍的傢伙，也是那個被你搶走了二十三張紙鈔的可憐傢伙。這位小姐應該也對我有點印象吧？小姐，您還記得那天晚上，揹著您逃出火車站行李房、但您卻很不友善地從他身邊跑掉的那位先生吧？」

少女一聲不吭地坐著，蜷縮在她的軟帽底下。怪漢繼續結結巴巴地說：

「這傢伙是誰？從哪兒冒出來的？」

「從佛勒杜尼莊園，我一直在那兒監視著你。現在，停車，讓小姐下車。」

那人沒有回答，反倒加快車速。

「你想反抗？老兄，你大錯特錯了。你應該可以從報紙的列車凶案報導看得出來，我一直在關照你，完全沒提到你，結果反倒是我被指控成強盜集團的頭頭了！我不過是個被襲擊的乘客，只是想拯救所有人。喂，快點刹車，減速……」

馬路開始變窄，往懸崖延伸而去，崖底蜿蜒著激流。路很窄迫，被一條電車軌道隔成了兩半。勞爾估算著有利時機，他半站立著，細細留意每個轉彎處是否還有餘裕。

突然，他直起身來，俯身向前，猛力從敵人的左右兩側伸手制伏他，並越過他的肩膀用力抓住方向盤。

男子張皇失措之餘竟無力抵抗，嘴裡咒罵著：「見鬼，他瘋了！啊……天殺的，他會把我們扔進峽谷……放開我，你這個笨蛋！」

怪漢極力想掙脫，卻讓勞爾的手臂緊緊箝住，勞爾笑著對他說：

「親愛的先生，我想，你得做出選擇，看是要掉進峽谷或是被電車碾碎。瞧，電車來了，很快就會撞上來。老兄，你沒得選，只能停車……」

電車確實近在咫尺，出現在離他們五十公尺遠的地方，汽車必須馬上停下來。怪漢意識到危險，踩下了刹車。勞爾用力固定住方向，讓車子安然停在軌道上。幾乎是在最後一秒，兩輛車才面對面停下。

怪漢的怒氣未消。

「真是見鬼！這個笨蛋是誰？啊……你會為此付出代價的！」

「儘管放馬過來。如果你不想橫死在電車對面，就離開軌道。」

勞爾伸手想扶女孩下車，她卻拒絕了他的好意，自己走到馬路上等著。

電車上的旅客開始感到不耐煩，駕駛員大聲地叫嚷著。待汽車一撤出軌道，電車隨即重新開動，馳走而去。

勞爾一邊幫怪漢推開汽車，一邊氣喘吁吁地對他說：

「我的老朋友，你已經看到我會怎麼做了吧？如果你繼續糾纏那位小姐，我就把你送上法庭。就是你策畫了快車上的行動，也是你勒死了英國女子。」

男子轉過身來，面色慘白。他那毛裡毛氣的臉上布滿了皺紋，嘴唇發顫斷斷續續地說道：「你說謊……我沒有碰她……」

「就是你沒錯，我已經掌握了所有證據。你如果被抓住，一定會被處以極刑……你趕緊逃走吧，把車留給我，讓我和那個女孩一起開到尼斯去。快走吧，往西走！」

他重重推了怪漢一把，便趕緊跳上汽車，撿起小提琴，下一秒卻咒罵了起來：

「該死！她溜走了。」

碧眼少女已經不在馬路上，消失在列車離開的方向。她利用他們爭吵的空隙逃走了。

勞爾的怒火全發洩在這怪漢的身上。

「你究竟是誰？你認識這個女的吧？她叫什麼名字？你叫什麼名字？這所有事情到底是怎麼回事？」

男了也被激怒了，撲將上來想搶奪勞爾手上的小提琴，他們倆扭打起來。這時第二輛電車駛了過來，勞爾機敏地跳上電車，而那強盜還來不及發動汽車。

勞爾憤怒地回到旅館。還好，他得到了令人滿意的補償——佛勒杜尼伯爵夫人的小提琴。

他將報紙撕開，儘管已經拿掉琴頸和所有其他配件，小提琴的重量仍顯略沉。檢查小提琴時，勞爾注意到有塊楔形木片被巧妙鋸了下來，接著又被放回並黏住。

他將木片扯了下來。

小提琴裡塞滿了報紙，但這只是用來掩人耳目，也許伯爵夫人將寶藏另外藏到了別處，也或許伯爵已經發現了這個藏物處，早已愉悅地拿回伯爵夫人想侵吞的財產。

「一無所獲！」勞爾低聲抱怨著，「啊，她開始惹惱我了，這個綠眼睛的輕佻女子！她拒絕我伸手牽她！什麼？她在怨恨我親吻了她？滾吧，裝腔作勢的女人！」

注釋：

①法國的「底層」，即台灣的一樓。以此往上類推，法國的一樓，即台灣的二樓。

chapter 5

不完美敲詐

整整一個禮拜，勞爾毫無頭緒，他能做的就是關心報端的動靜，報導專文詳細描述了快車上的三起凶殺案——一再徒勞地講述眾所皆知的事件經過，人們所做出的某些假設與犯下的錯，以及可供追查的有限線索。這起案件之所以變得如此神祕，激起了所有人的關注興趣，只因怪盜紳士亞森・羅蘋也參與其中；這意味著，某種程度而言，人們都知道他將是案件眞相最終能否揭露的重要關鍵。也許他不該受困於這些那些枯燥乏味的報導細節中，而應該將精力投向莊園行竊這第二樁事件？

勞爾（更確切的稱呼是亞森・羅蘋）馬上就明白該如何縮小調查結果，他動筆寫了下來——

一、第三個強盜，也就是跟我爭奪碧眼少女的那個野蠻怪漢，目前身分不明，甚至沒有人知道他的存在。在警探的眼裡，他也許就是一名普通乘客，而我卻成了整起案件的主謀。對於我使出的那些可惡詭計，馬雷卡爾肯定印象深刻，很顯然地，凶案走向便是在他的授意下，讓我變成掌控全局的惡魔——是我策畫了此次陰謀，導演了整場悲劇。同夥中有人被抓，被捆住並塞住嘴巴，是我指揮他們加以營救，然後自己也順利逃脫，除了那雙短統靴鞋印，否則絲毫未留下任何線索。

二、至於凶案的其他共犯，根據醫生的敘述，他認爲他們已經駕著他的馬車逃逸。但是究竟去了哪裡？只能確定——清晨時，馬車穿過了田野。無論如何，馬雷卡爾堅信：是他扯掉了三名強盜之中最年輕那位的僞裝面具，凜然揭露了那是名年輕貌美女子的眞相，然而他並未向媒體交代女子的外貌特徵，這自然是爲了在下一回合對峙時，由他展開的逮捕行動能引起轟動，好讓自己攬下所有功勞。

三、遭到殺害的兩名男子，身分已經確認。他們是魯布兄弟，一個叫做亞瑟，一個叫做加斯頓，他們從事販售香檳酒的生意，居住在塞納河畔的納伊市。

四、非常重要的一點：用來殺害這對兄弟的手槍，在列車走道上被找到，這件凶器提供了一些確切的線索。它於兩個星期前由一對男女購得，女的臉上蒙著面紗，男的身形瘦高，女子曾開口稱呼他「季詠」。

五、最後輪到貝克菲爾小姐。馬雷卡爾並未對她提出任何指控，因為他丟失了證據，不敢輕舉妄動，只能保持沉默。貝克菲爾小姐僅僅只是一名普通旅客，是一位在英國倫敦和法國里維艾拉都享有盛名的貴族千金，她之所以搭上快車，是為了趕往蒙地卡羅與他的勛爵父親會合，僅此而已。她是否遭人誤殺？有此可能。但為什麼魯布兄弟會被殺害呢？這一點和其他線索都仍處於未知和矛盾中。

勞爾總結道：「我可沒這個心情費腦筋思考整起案件，就留給警方慢慢掙扎和行動吧。」勞爾之所以這麼說，是因為他已經釐清自己該朝什麼方向運作……

當地報紙刊登了這樣一則啓事──「**我們的貴賓，英國貴族貝克菲爾，於不幸殞命女公子的葬禮過後，將和昔日一樣入住蒙地卡羅的美景酒店，在此地度過最後的春季時光。**」

這天晚上，勞爾・林姆茲也住進了美景酒店，住在這位英國勛爵的隔壁；當然，爵爺住的是格局為三個房間相連的超大套房。酒店所有客房（也包括底層的客房）的視野都朝向同一座大花園，背對著酒店，每間房設有獨立的出入階梯。

第二天，當英國爵爺步下房間階梯時，勞爾看見了他。他還很年輕，外表看上去很沉重，哀戚的面容滿懷悲傷和沮喪。

兩天後，勞爾打算去拜訪他，並與他密談。但他發現走廊有人在敲隔壁的房門──是馬雷卡爾。對此，勞爾並不感到意外。既然連他自己都想向爵爺打探事情，馬雷卡爾自然也會力求從康士坦絲小姐的父親那兒得到一些消息。

於是，勞爾打開了與隔壁房間相鄰的軟襯門，卻完全聽不到他們的談話。第二天，他們又再次進行長談。在那之前，勞爾已事先潛入爵爺的房間，偷偷鬆了那道隔門的門栓，以使能從自己的房間微微打開爵爺房裡那道隱藏在掛毯後方的隔門。勞爾又一次失敗了，他們兩人交談的聲音極小，他一個字也聽不到。

勞爾就這麼錯過英國勛爵和大警探之間整整三天的祕密會談，這令他十分著急。馬雷卡爾的目的是什麼？向貝克菲爾勛爵揭穿他女兒是個小偷？不，馬雷卡爾絕對不會這麼做。那麼是否可以假設他期待從這些密談中，得到一些線索以外的東西？

此外，勞爾一直沒法成功偷聽到勛爵在房間裡講的幾通電話。終於，一天早上，勞爾聽到了最後的幾句交談——「那好吧，先生，今天下午三點，在酒店的花園碰面。錢到時會準備好，我的祕書會拿它跟你交換您提到的那四封信……」

「四封信……錢……」勞爾思忖著，「這應該是有人試圖敲詐……勒索者很可能是季詠，他一定就在附近監視著。貝克菲爾小姐的這名同夥，現在打算以他倆之間的通信來進行敲詐嗎？」

經過一番思考，勞爾更加堅定了自己的看法，他一定要弄清楚馬雷卡爾的行動計畫——在受到季詠的威脅後，勛爵很可能打了電話給警探，於是他們設下一個圈套，讓這個年輕的罪犯往裡面跳。勞爾對此非常高興，但碧眼少女是否也在算計之內？

當天中午，貝克菲爾勛爵邀馬雷卡爾一起用餐。午餐結束後，他們去了花園，在花園裡走了好幾圈，神情愉快地邊走邊聊。兩點三刻，警探先回到勛爵房間，只見貝克菲爾勛爵坐在花園中一張非常顯眼的長凳上，距離通往園外的敞開鐵柵門不遠。

勞爾則在自己房間的窗邊監視著。

「如果她來了，她就倒楣了！」他喃喃地說道，「活該！我是不會出手救她的。」

但當他看到季詠單獨出現時，他明顯鬆了口氣。季詠小心翼翼地走向鐵柵門。

兩人之間的會面很快就結束了，條件都已提前談妥。他們馬上朝房間走去，彼此沒有交談。貝克菲爾勛爵快步走上了階梯，季詠提心吊膽地跟隨在後。

來到最上面一級石階，爵爺轉頭說道：「進去吧，先生。我不屑與您進行這齷齪的交易。如果信件沒問題，我的祕書就會付錢給你。」

季詠獨自走進了房間。

勞爾改躲在軟襯隔門後方。他屏氣靜待這戲劇性的一幕，但他立刻想及——季詠並不認識馬雷卡爾，所以一定會認爲馬雷卡爾就是勛爵的祕書。透過門上的玻璃，勞爾隱約瞧見了馬雷卡爾，且說話聲音清晰可聞：「這裡是五十張千元鈔票，總共五萬法郎，還有一張同樣金額、可以在倫敦兌換的支票。信呢？」

「我沒帶。」季詠回答。

「爲什麼沒帶？那麼交易取消。我得到的命令很明確，一手交錢一手交貨。」

「信，我會郵寄給你。」

「您瘋了吧，先生，您這是想詐騙我們。」

「我手裡確實有信，只是沒把它們帶在身上。」季詠堅決地說。

「然後呢？」

「然後，是由我一個朋友保管這些信。」

「他人在哪兒？」

「就在酒店裡，我去找他。」

「不需要。」馬雷卡爾已經猜到實際狀況，加快了行動。

他按了鈴，女傭過來了，馬雷卡爾對她說：「去把在走廊上等候的那個年輕女子帶過來。您就告訴她，是季詠先生找她過來。」

季詠嚇了一跳。馬雷卡爾知道他的名字？

「這是什麼意思？這違反了我和貝克菲爾勛爵的協議。在外面等的那個人與此事無關……」

年輕罪犯想離開房間，但馬雷卡爾也立即行動，他打開門，讓碧眼少女進來，她腳步猶豫地走了進來。當她聽到背後的門被狠狠關上，並突然以鑰匙鎖上時，她發出了一聲尖叫。

與此同時，有隻手緊緊抓住了女孩的肩膀，她呻吟道——「馬雷卡爾！」在她驚呼出這可怕的名字之前，季詠已經趁亂從花園逃跑了，馬雷卡爾甚至來不及抓住他。警探一心想抓住這名年輕女子，只見女孩虛弱地搖搖欲墜就要發狂，繼而跌倒在房間的中央。他搶過她手裡的手提包說道：

「小妞，這次誰都救不了妳！妳已經掉進陷阱裡了，哈！哈！哈！」

他一邊翻找著她的包包，一邊抱怨：

「那些信在哪兒？妳還想怎麼威脅我？是妳自己要跳進這個陷阱的，不知羞恥的傢伙！」

少女摔倒在椅子上，馬雷卡爾什麼都沒找到，轉而開始對她動粗。

「信呢？馬上把信交出來！信在哪裡？藏在妳身上嗎？」

他的憤怒爆發了，他抓住女孩，一邊辱罵她，一邊動手撕開她的衣服，另一隻手則在她身上摸索搜尋著信件。但下一秒鐘他嚇呆了，停下動作，瞪大眼睛。他看見眼前露出一個男人的腦袋，眨著一隻眼睛，充滿嘲諷的嘴角上叼著一根菸。

「能借點火嗎，魯道夫？」

「能借點火嗎，魯道夫？」——這句教人目瞪口呆的話他曾在巴黎聽到過，也曾在他的祕密備忘錄上看到過……這意味著什麼？這個無禮的稱呼？這隻閃動的眼睛？

「您是誰……您是誰……快車上的那個人？第三個共犯？這怎麼可能？」

馬雷卡爾絕非膽小鬼。在許多案件中，他都展現超乎常人的勇敢，他可不畏懼同時面對兩、三個敵人。

但這個對手卻是他從未遇見過的，此人的行爲模式十分特別，令他覺得自己總是處於下風。他警戒地望著勞爾，勞爾則冷冷不帶一絲感情地命令著女孩：「把那四封信放到壁爐旁邊。信封裡有四封信嗎？一……二……三……四……很好。現在，您可以走出房間，從酒店的走廊離開。再見，我想我們不會再見面了。永別了，祝您好運。」

女孩什麼也沒說，她走了。

勞爾接著說：「馬雷卡爾，正如你所看到的那樣，我對這個碧眼女子瞭解甚少。我既不是她的同伴也不是你認爲的可怕凶手。我不是。我只是一個勇敢的旅客，你的油頭粉面一開始就讓我討厭，所以和你爭奪這個女孩令我覺得十分有趣。但我已經對她失了興趣，決定不再糾纏她，但我也不想讓你繼續糾纏她。我們各走各的，你向右，她向左，我往中間。你明白我的意思嗎，馬雷卡爾？」

馬雷卡爾悄悄把手伸向口袋，但還沒掏出搶，勞爾便拿槍指著他，面無表情地冷靜看著他：

「還是請你到我房間吧，怎麼樣，馬雷卡爾？我們可以好好談談。」

羅蘋拿槍指著馬雷卡爾，將他推入自己的房間並關上門。一進房間，勞爾便突然掀起桌布，罩住馬雷卡爾的腦袋，麻利地將他綁了起來。

這個陌生的神奇男子使他絲毫無法動彈。他完全沒想到要呼救、按鈴或是掙扎，因爲這記襲擊著實來勢迅猛。接著，他毫無抵抗地任由全身被床單毯子包裹住，連呼吸都困難。

「好了，遊戲結束。我們已經達成共識，我估計明天早上九點左右會有人過來放了你。在此之前你有足夠的時間好好思考，而碧眼少女、季詠和我也能躲起來。」

勞爾從容不迫地整理行李，扣上他的行李箱。接著，他擦亮了一根火柴，將英國女子的那四封信給燒了。

「馬雷卡爾，我還有最後一句話——不要再去打擾勛爵。既然你沒有可以指證他女兒的證據，當然以後也不會有。你可以順便將貝克菲爾小姐的祕密日記交給他，這是在她紅色皮袋中找到的，我把它留給你。這麼一來，他父親就能放心確信自己女兒是最誠實高貴的女人，你就做點善事吧。至於季詠和他的同夥，你可以告訴勛爵是你弄錯了，這只是一樁普通的勒索，與快車凶案無關，因此你放了他們。另外，最重要的一點，這樁案件絕對遠超乎你的辦案能力，不要再插手，否則只會給你帶來災禍，把你壓垮。永別了，馬雷卡爾。」

羅蘋拿起鑰匙，去了酒店的前臺，他一邊結帳一邊從容地說：「將我的房間保留至明天。不過，我還是先將房費結清，免得萬一我不回來了。」

勞爾走出酒店，他對自己處理這件事的方式感到滿意。他的任務已經完成——女孩聽從他的建議離開了，她從此與他無關。

三點五十分，他登上開往巴黎的快車，他在車上看到了她。勞爾已經下定某種決心，所以不想上前與她搭訕，反倒躲藏起來。

火車到達馬賽後，她換了另一列車，和一群她認識的人坐上開往土魯茲的火車，那群人看起來一個個像極了演員。季詠也突然出現，混在那群人當中。

「一路順風！」勞爾在心裡默默地說，「我非常高興和那對漂亮小情侶不再有任何瓜葛，希望他們不會再被抓住！」

然而勞爾卻還是在最後一秒從快車上跳下，登上女孩搭乘的那列火車。和她一樣，第二天早上他也在土魯茲下了車。

緊接著快車凶案，又發生了佛勒杜尼莊園偷竊案和美景酒店敲詐案這兩段瘋狂、暴力、意料之外的插曲，它們就像一齣劇裡非常糟糕的兩幕場景，完全沒讓觀眾撈到任何可能理解或串連劇情的樂趣。但這齣後來被羅蘋戲稱爲《少女救援三部曲》的劇碼，於接下來即將上演的第三幕也同樣具備了突兀粗暴的特質——短時間內即衝上劇情的最高潮，而且完全不需要合理的邏輯和常理架構來推動劇情。

* * *

來到土魯茲，勞爾尾隨女孩一行人進了一家旅店，經探聽後得知，這些房客是列奧尼德．巴麗巡迴表演劇團的成員，劇團的名字「列奧尼德・巴麗」指的就是那位專門演唱輕歌劇①的女歌手，當天晚上她將在市劇院裡演出《維羅妮卡》。

他監視著他們。三點鐘時，女孩從旅店走了出來，臉色非常不安，一直回頭查看背後，彷彿害怕有人跟蹤她，祕密地監視她。她提防的是犯罪同夥季詠嗎？她一路跑到郵局，以發抖的手潦草地寫了一封電報，總共寫了三次才成功。

待她離開，勞爾很快弄到一張被揉皺的電報，上面寫著——

米拉馬旅館，上庇里牛斯省・魯茲。
明天早上第一班火車到達。通知家人。

「見鬼，這時候她到底要去山上做什麼？通知家人……她的家人住在魯茲？」

他小心翼翼地繼續跟蹤女孩，她走進了市劇院，很可能是要參加劇團彩排。接下來的時間，勞爾都在劇院周圍監視著。但她並沒有出來，至於那個同夥季詠，連影子也沒看見。

晚上，勞爾從門房處溜了進去，當他靠近表演廳時，他呆住了——那個表演《維羅妮卡》的歌者不是別人，正是碧眼少女。

「列奧尼德・巴麗……」他心想，「這才是她眞正的名字吧？她是個出身外省的輕歌劇演唱家？」

勞爾一下子回不過神來，這超乎了他對這個擁有翡翠般眼睛美麗少女的所有想像。但無論女孩是外省人還是巴黎人，她都表現出做爲一名演員的聰明輕巧，是個讓人一看就喜愛的歌手，她看上去是那麼單純、謹慎、動人，既溫柔又快樂，既誘人又靦腆。她擁有演員身上該具備的所有天賦和優雅，非常靈巧，即使缺乏舞臺經驗也是她魅力的所在。他回想起在歐斯曼大道看到她的第一眼，看來這名年輕女子正經受著兩種截然不同的命運，她戴上的面具是如此悲慘，又如此純眞。

整整三個小時，勞爾都沉浸在陶醉之中，欣賞這個他十分陌生的奇特女子，絕無厭煩之時。她不再是那個第一次驚豔一瞥的無憂女孩，不再是之後閃現著驚駭和恐懼臉龐的女孩。這裡的她是另一個女人，身上充滿愉悅與和諧氣息，啊……然而這也是那個殺了人並參與犯罪的卑鄙女人，是季詠的同夥。

這些形象全然相反，哪一個才是眞實的她呢？勞爾只能徒勞地觀察著，因爲此時此刻的第三種形象重疊在前兩種之上，它們竟匯聚在同一副滿懷緊張的、教人憐愛的生命中，她就是維羅妮卡。僅有幾個過於緊張的動作和某個不恰當的神情，向這雙緊緊注視著她的愛慕眼睛洩漏了實情——那個隱藏在女歌手身分底下的淒楚女孩，混亂的心緒終究還是令她的演出稍稍走了樣。

「今天，從中午到下午三點這段時間裡一定又發生了什麼嚴重的事，所以她才會突然趕去郵局，並影響了她的演出。她正想著這件事，她為此而擔心。這件事一定和季詠有關，那個突然消失不見的季詠。」

謝幕時，女孩走上前向觀眾致意，整座劇院響起了熱烈的歡呼聲與掌聲，好奇的觀眾甚至聚集到演員出口周圍。

演員出口前面，停著一輛兩匹馬拉著的雙篷四輪馬車，馬車的門緊閉。距離魯茲最近的火車站，是皮埃爾菲特—奈斯塔拉斯，而唯一一班能在清晨抵達的火車將於午夜十二點五十分發車。毫無疑問，女孩稍早已經先將行李送到火車站，這會兒只須直接輕裝前往車站即可。而勞爾自然也先安排寄送了自己的行李。

十二點一刻，女孩坐上馬車，車子緩緩向前開動。季詠並沒有出現，這件事好像與他無關？不到半分鐘，勞爾也朝火車站方向走去，但像是突然想到了什麼，他開始大步奔跑起來，最後跳上馬車。

果然如他所料，馬車開上車站前的馬路之際，車夫突然向右轉，狠狠抽打著馬匹，將馬車趕進了僻靜黑暗的小道。這條小路將通往圓形公園和植物園，馬車奔馳著，女孩根本無法跳下車。

馬車來到圓形公園後，突然停下。車夫跳下車，隨即打開車門，進了車廂。

勞爾聽到一聲女人的尖叫，他並不急著闖進去。他知道那人一定是季詠，他想先聽聽爭吵的內容。但突然間，他發覺情況十分危險，以至於他決心出手。

「說！」同夥叫道，「妳以爲，妳能拋下我，自己開溜嗎？……好吧，我是欺騙了妳，但正因爲現在妳已經知道實情，我才更不能放妳走。說！否則……」

勞爾害怕了。他想起貝克菲爾小姐死前的呻吟。下手過重，她就會死。勞爾趕緊打開車門，抓住季詠的一條腿，用力將他摔到地上，讓他離馬車離得遠遠的。季詠不甘心，仍想還手，勞爾無情地折斷他的手。

「這傷勢得休息六個禮拜。」他威脅地說，「如果你再糾纏她，下次折斷的就是脊椎了。不聽話，你就等著倒楣……」

勞爾走回馬車，但女孩已經消失在黑暗中。

「跑吧，小妞。我知道妳要去哪兒，妳逃不出我手掌心的。我已經受夠當一個沒有任何回報的老好人。當羅蘋決定走上哪條路，他就會走到底，而且從來都要達到目的。他的目標就是妳，妳那雙綠色的眼睛，妳那溫熱的嘴唇。」

勞爾留下季詠和馬車，趕往車站。火車到站了，他從容地上了火車，他倆僅隔著兩節擠滿人的車廂。勞爾十分小心謹慎，以免被女孩發現。

火車在盧德駛離了鐵路主幹線，一個小時後，到達終點站皮埃爾菲特—奈斯塔拉斯。

她才剛下車，一群穿著棕色連身裙、披著鑲藍邊斗篷的女孩便朝她跑了過來，她們背後站著一名頭戴白色圓錐帽的修女。

「歐蕾麗！歐蕾麗！她在那兒！」女孩們一起大叫起來。

碧眼少女一一擁抱了每個人，最後，那位修女更是深情地將她緊緊抱在懷裡，高興地說：「我的小歐蕾麗，見到妳眞高興！妳會和我們共度整整一個月吧？」

車站前停了一輛四輪敞篷大馬車，碧眼少女和她的夥伴們坐上了車。馬車準備出發前往魯茲。

勞爾站在遠處看著她們離開。同樣地，他也租了一輛四輪敞篷馬車趕往魯茲。

譯註：

①輕歌劇，這個名稱源自於義大利文「operetta」，原指「小型歌劇」，它是歌劇的縮小形式，因此也可稱為「小歌劇」。輕歌劇與喜歌劇一樣，是一種生活氣息與娛樂性較強的歌劇，產生於十九世紀中期的法國，相對於大歌劇，相仿於十八世紀的喜歌劇。劇本題材多取自日常生活，常帶有諷刺性，以對白代替獨白，旋律則取自當時流行的音樂，以此賦予了輕歌劇通俗易懂、結構短小、多採獨幕形式的特質。

chapter 6

前進山林

「碧眼少女啊，」勞爾在心底對自己說，「當三匹母騾開始翻過第一個山坡，鈴鐺發出叮噹聲時，美麗的女孩您就是我的俘虜了。殺人犯、騙子、勒索犯的同夥、看似尋常的年輕女孩、輕歌劇演唱家、修道院寄宿生……無論妳是什麼人，都逃不出我的掌心。信任，是我們無法逃脫的牢籠。妳是這麼怨恨我親吻了妳，但妳心底對那個三番兩次出手將妳救出深淵邊緣的人，終究還是會抱以信任的。即使他強吻了妳，妳還是依賴他的幫助哪！」

「碧眼少女，妳躲到修道院來逃避所有糾纏妳的事件，對我而言妳不再是罪犯或令人生畏的冒險家，甚至也不是一名輕歌劇演員，我不會以列奧尼德·巴麗稱呼妳，我會喚妳為歐蕾麗。我喜愛這名字，它有那麼點老派，它代表真誠，它是我惹人憐愛的小修女。」

「碧眼少女，我現在已經知道，妳保守著一個天大的祕密，妳的凶狠同夥想從妳那兒得到它，而妳除了捍衛別無他法。我遲早都會知道這個祕密，探知祕密可是我的專長，我將會發現它，也將驅散妳內在隱藏的黑暗與神祕。噢，令人心動的歐蕾麗。」

勞爾非常滿意這個親密的稱呼，他沉沉睡去了，不再進一步思考碧眼少女帶來的擾人謎團。

小城魯茲和毗鄰的聖索弗爾形成了一大片溫泉區，但這個季節來泡溫泉的人並不多。勞爾住進一家幽靜的旅舍，自稱是植物學和礦物學愛好者，一入住，當天午後就開始到附近進行研究。

有條狹窄崎嶇的小路可通往聖瑪麗修道院所在的山坡，步行約二十分鐘可達，這是一所由舊修道院改建的寄宿學校。這裡地處一大片崎嶇不平的山地，房屋和花園一直延伸至岬角的盡頭，每一層露天平臺都爲厚實的城牆所支撐，城牆下不斷翻湧的聖瑪麗激流最終將於這塊區域轉爲地底暗流。有片松樹林覆蓋著山坡的另一面，林中有兩條交叉的路，伐木工人常常從那兒經過。林子裡充滿奇形怪狀的洞穴和岩石，是星期天的戶外踏青好去處。

勞爾便是藏身在這片人煙稀少的地帶。伐木工人的斧頭聲在遠處迴盪著。從他的位置能俯視修道院花園的整齊草坪，和一排排細心修剪的椴樹，學生們常到那兒散步。

沒花上幾天，他便弄清了課間休息的時段和修道院的作息。午飯過後，那條伸出溪谷的小路是高年級學生的活動場所。由於身心俱疲，碧眼少女一直待在修道院內沒有出門，直到第四天她才首次出現在這條小路上。高年級的學生見她過來，無不爭先恐後地上前圍住她。

勞爾立刻看出她像變了一個人，就像個病後初癒的孩子，歡快享受著陽光暖意和山間的清新空氣。她被年輕的女孩們簇擁著前行，她和她們穿著同樣的衣服，充滿了活力和喜悅。她對所有的孩子都非常親切，慢慢地帶著她們玩耍和奔跑，女孩們的笑聲迴盪整座山林，久久不息。

「她在笑！」勞爾驚嘆道，「不是劇場裡那僞裝、甚至是痛苦的笑，而是無憂無慮的笑容，這才是她的本性哪！啊……她笑著，多麼神奇！」

接著，學生們回去上課，只剩歐蕾麗一個人在那兒，她看起來不再悲傷，愉悅的神情絲毫未減。她撿起地上的松果將它們扔到柳編的籃子裡，或是採摘花朵將它們放到旁邊小禮拜堂的臺階上。她的舉止十分優雅，經常低聲與跟著她的小狗、或在她腳邊磨蹭的小貓交談。她編織著玫瑰花環，笑看小鏡子中自己的模樣。她偷偷在臉上搽了些脂粉，又立刻用力擦掉。在修道院，這應該是不被允許的。

第八天，她越過欄杆來到最高一層的露臺，露臺的四周圍著灌木籬笆。

第九天，她又來到露臺，手裡拿著一本書。第十天，在課間休息前，勞爾下定了決心。

首先他得穿過森林邊緣的矮林，接著穿越一片大水塘，這裡足足像個大型水庫那麼大，聖瑪麗激流最終將匯流而入，流經這片水域後奔騰湧入地底下。岸邊的一截木樁拴著一條破舊的小船。儘管渦流湍急，他仍順利地乘著小船來到一處小灣，來到有如城堡般矗立的城牆露臺下方。

城牆以平滑的石頭堆疊而成，石縫間蔓長著野草，有條爲雨水沖刷出的角礫沙溝亦清晰可見，附近的孩子有時會從這條小道攀爬而上。勞爾毫不費力地爬了上去，最頂層的露臺像極了私人避暑空間，周圍矗立著破舊的桃葉珊瑚樹柵欄，裡頭放有幾個石凳，露臺中央立著一只陶土花瓶做爲美化裝飾。

他聽到了課間休息的鈴聲，接著，一切安靜了下來。幾分鐘後，旁邊輕輕傳來腳步聲，伴隨著純眞的嗓音哼著浪漫的旋律。他感到自己的心揪得緊緊的。見到她時該說些什麼呢？

小樹枝吱嘎作響，樹葉被撥開，像是房間的窗簾突然被拉開，歐蕾麗走了進來。

她在露臺的入口處怔住了，歌聲突然中斷，她手上的書和裝滿花的草帽，從手中滑落掉到地上。她一動也不動地站著，深棕色毛呢裙下的身影顯得纖細嬌弱。

一會兒，她認出了勞爾。她的臉龐漲紅，一邊低語一邊往後退：「滾開……滾開……」

他不準備滾開，甚至當做沒聽見。他注視著她，興奮之情難以言喻，啊，他從未在任何女人面前這樣。

「滾開！」女孩更加急切地重複著。

「不！」他說。

「那我走。」

「如果妳走，我會跟著妳。」他肯定地說著，「我們就在修道院見。」

她轉身想要逃跑，勞爾上前一步抓住了她的手臂。

「不要碰我！」女孩一邊掙扎一邊憤怒地大叫，「我不允許你靠近我。」

「爲什麼？」他很訝異她的反應竟如此激烈。

「我怕你。」她小聲地答道。

答案如此奇特，勞爾不禁笑出聲來。

「妳這麼討厭我？」

「是。」

「比起馬雷卡爾，更加討厭我？」

「是。」

「比起季詠和那個佛勒杜尼莊園的男人也是？」

「是的、是的、是的。」

「儘管他們不斷帶給妳痛苦，而我卻一直保護妳……」

女孩不再作聲，她撿起帽子抱在胸前，擋去了自己的大半張臉。她討厭他，並非因爲他目睹她犯下的那些罪惡和恥辱，而是他將她抱在懷裡，親吻了她的嘴唇。對她這樣的女子而言，這奇異的羞恥心浮現得如此眞誠坦率，就像照進心靈和內在深處。

勞爾懂了，他自顧自地低聲說著：「請您忘了那件事。」

他向後退了幾步，讓她明白她可以自由離開，他不由得充滿敬重之情地說道：「那天晚上發生的一切都很反常，您和我都不需要記得那些。請忘記我做過的事，我來這裡不是要讓您想起那些事，而是要繼續完成我對妳的使命。偶然的機會裡我遇上了妳，從一開始我就想幫助妳。我請求妳，不要拒絕我的幫助。危險雖遠離但還沒有結束，相反地，仍在增加中。妳的敵人都被惹怒了，如果我不在，妳怎麼辦？」

「走開！」她執拗地說。

她逗留在露臺的入口，就像站在一扇敞開的門前。她躲避著勞爾的眼睛，遮住自己的嘴唇。然而，她並未離開。勞爾心想——女孩面對不斷救她於危難的人，果眞也成了那人的俘虜。她的眼裡透露出恐懼，但親吻的記憶顯然不比不斷經受厄運教人恐懼。

「走開，我在這兒很清靜。爲什麼所有事件你都要牽扯進來，這些……這些地獄般的事件。」

「我想我很榮幸，」勞爾回答，「而且我還會往下繼續參與所有即將發生的事。您以爲他們沒在找妳嗎？妳該不會相信馬雷卡爾已經放棄找妳吧？他正在查找妳的下落，他會找到聖瑪麗修道院來的。如果妳曾在這兒度過美好的童年時光，我猜他應該會知道，並且找到這裡來。」

他慢慢地說著，堅定的語氣深深打動了女孩，她改以幾乎不可聞的聲音喃喃道：「走開……」

「好吧。」他說，「但我明天還是會出現在這裡，我每天同一時間都會在這兒等妳。我們得談談。啊，我們不會談到任何使妳感到痛苦、使妳想起可怕夜晚的那場噩夢。關於那個我們什麼都不提。我不需要知道，眞相自然會一點一滴顯現出來。但有一些其他的事，我得問妳一些問題，而妳得回答我。這就是我今天想說的，就這麼多。現在妳可以走了。妳會加以考慮的，對吧？別擔心，請相信我總是在妳身邊，絕對不要失去希望，因爲有危險的時候，我都會在。」

她一句話也沒說也沒點頭，就離開了。勞爾看著她走下露臺，穿行在椴樹小徑上。她消失在他的視線中，他從地上撿起一些她掉落的花……突然間，他發覺自己這舉動完全出於無意識，他自嘲道：「天啊，我變得嚴重了，是不是……看吧看吧，我的老朋友羅蘋，別執迷不悟啊！」

他沿著角礫沙溝那條路返回，再次穿過大池塘，然後回到森林裡散步，一邊走一邊扔掉朵朵小花。然而，碧眼少女的模樣卻一直浮現在他眼前。

第二天，他又去了露臺。歐蕾麗並沒有來，之後的兩天也是如此。直到第四天，她終於穿過樹叢，以他幾乎無法察覺的腳步聲來到了露臺。

「噢！」他動情地說，「妳來了……妳來了……」

從她的態度來看，他明白自己不該走上前去，或多說任何一句話。她和第一天一樣停留在露臺入口，就像一個想反制整個局面的對手，怨恨著這個一直對她好的敵人。

然而當她開口時，聲音已不再那麼生硬，她半轉過頭道：「我不該來的，這對聖瑪麗修道院的修女、我的恩人來說是不對的。但我想我得感謝您，還有您的幫助。而且……」她接著說下去，「我害怕……是的，我怕您說的那些事情會發生。有什麼問題問吧，我會回答您的。」

「所有的一切都會回答嗎？」

「不，」她焦慮地說，「……博庫爾那天晚上的事不要問。問其他的事情，簡單地問吧！您想知道些什麼？」

勞爾思索著。很難提問，因爲所有問題都會指向女孩拒絕談論的事。

他開口了：「先告訴我，妳的名字？」

「歐蕾麗……歐蕾麗・達司德。」

「爲什麼要用列奧尼德・巴麗這個名字？是假名嗎？」

「確實有列奧尼德・巴麗這個人，但是她生了病留在尼斯，所以由我和她劇團的團員一起從尼斯搭車到馬賽。劇團裡我只認識一個人，那人去年在一場同好聚會中飾演過維羅妮卡。所有的團員都懇請我代替列奧尼德・巴麗出演一個晚上的歌劇。他們看起來非常擔憂爲難，我不得不幫他們這個忙。我們通知了土魯茲的經理，最後一刻他決定不發告示，想讓觀眾認爲我就是列奧尼德・巴麗本人。」

勞爾總結道：「啊，原來妳不是演員，不過這樣更好，我更喜歡……我更喜歡妳只是聖瑪麗修道院裡一個漂亮的寄宿生。」

她皺了皺眉說道：「繼續吧。」

勞爾接著又問：「在歐斯曼大道的咖啡館前面，用手杖打馬雷卡爾的那位先生，是您的父親嗎？」

「他是我的繼父。」

「他叫什麼？」

「布雷卡斯。」

「布雷卡斯？」

「是，他是內政部法務署主任。」

「所以他是馬雷卡爾的直屬上司？」

「是的，但他們之間不和，因爲馬雷卡爾很得內政部長的寵，他一直試圖取代我繼父的位子，我繼父則是想擺脫他。」

「馬雷卡爾喜歡您？」

「他曾向我求婚，但我拒絕了他。我繼父拒他於門外，所以他記恨我們，發誓要報仇。」

「換個話題。」勞爾說，「從佛勒杜尼莊園擄走妳的那個人叫什麼名字？」

「若多。」

「他是做什麼的？」

「我不知道。有時候，他會來家裡拜訪我繼父。」

「那另一個同夥呢？他是誰？」

「季詠・安西弗爾，他也來過我們家，他從事證券交易。」

「他這個人不太老實吧？」

「我不清楚……可能吧……」

勞爾總結道：「所以一共是三個敵人，沒有其他人了吧？」

「不，還有我繼父。」

「怎麼可能！您母親的丈夫？」

「我可憐的母親已經去世。」

「這些人都出於同樣的原因糾纏妳嗎？是因爲妳擁有他們很想知道的祕密吧？」

「是的，但馬雷卡爾除外，他對這件事毫無所知，他純粹是爲了報復。」

「妳能不能給我一點線索呢？不需要關於這個祕密本身，而是圍繞著這個祕密的相關情況。」

「我可以告訴你，其他人目前所掌握的情況，以及他們爲什麼對這個祕密感興趣。我簡要地說明一下。我父親是我母親的堂兄，他在我出生前就去世了，只留下一些定期收益，還有來自我外祖父達司德的養老金。達司德是我的外祖父，他是個非常優秀的人，他是藝術家也是發明家，他熱愛探索和揭祕，總是藉著不斷旅行來探尋可能獲致財富的神奇事件。我非常瞭解他，我還記得小時候坐在他的腿上，聽他對我說：『我的小歐蕾麗將會很富有，我做這些事都是爲了她。』

「但在我六歲時，他寫信給我們母女，請求我們偷偷去找他，不要讓任何人知道。一天晚上，我們搭上火車出發了，我們三個人一起共度了兩天的時光。離開前，母親當著外祖父的面對我說：

『歐蕾麗，絕對、絕對不要告訴任何人妳這兩天去了哪裡、做了什麼、看到了什麼。今後這就是我們三人之間的祕密，當妳滿二十歲時，這個祕密將帶給妳一筆巨大的財富。』『是的，是一筆很巨大的財富。』外祖父也肯定地說。他要我們發誓，無論發生什麼事都不要向任何人提起這些。但我母親稍稍更正了一下：『絕對不要向任何人提起，除非妳愛那個人，除非妳相信他就像相信妳自己一樣。』」

「我發了所有他們要我發的誓，印象很深刻，因爲當時我哭了。幾個月後，母親就和布雷卡斯結了婚。但他們的婚姻並不幸福，只維持了很短一段時間。婚後第二年，我可憐的母親就死於肋膜炎，死前她偷偷留給我一張小紙條，上面寫著可以找到我們到過那個地方的線索，以及滿二十歲之後我該怎麼做。不久，達司德外祖父也跟著去世了。因此，只剩我和繼父布雷卡斯住在一起，他很快便將我送來聖瑪麗修道院。剛到這裡時，我不知所措、非常悲傷，是那個必得保守祕密的想法一直支撐著我。然後有個禮拜天，我想找一個偏僻的地方，於是來到了這處露臺，我要在這兒實行一個已經在腦海中擬妥的計畫。我一直牢記母親留給我的線索，但如果我繼續保留那張紙條，那麼到最後全世界都會知道這個祕密，所以我就把它放進花瓶裡燒掉了。」

勞爾點了點頭：「但妳現在已經忘記這些線索了？」

「是的。」她說，「日子一天天過去，在這裡的學習和得到的歡樂讓我感受到溫暖，於是這些線索慢慢從記憶中被抹去，就連我自己也沒意識到。啊，我忘了那個地方叫什麼、在哪裡、該怎麼去，還有我得做些什麼事……所有的一切……」

「全都忘記了？」

「全部，但還是有一些片段的景色和影像讓我印象非常深……從那之後，這些影像一再閃現……我一直聽見鐘聲，啊，那些鐘彷彿從未停止響過。」

「妳的敵人們想知道的，就是這些記憶和影像？他們希望從妳的敘述得知眞相？」

「是的。」

「那他們又是怎麼知道的？」

「由於我母親的疏忽，有些信件並未毀掉，在這些信裡，我外祖父提到他告訴我的這個祕密。布雷卡斯收集了這些信，並在我到聖瑪麗上學的那十年裡擱下了這件事，那十年是我生命中最美好的十年。兩年前，我回到巴黎，他開始追問這件事。我把剛才對你說的內容對他說了一遍，我並不想揭開任何模糊的記憶來爲他指路。之後，他便不停地虐待我，生活中充滿了指責、爭吵和可怕的暴怒……直到我決定逃跑。」

「一個人？」

她的臉微微泛紅。

「不是。」她說，「但也不是你想像的那樣。季詠・安西弗爾別有心機地刻意討好我，裝出一副想幫我卻不求回報的樣子。他成功了，雖然我對他並無好感，但我卻相信了他，我對他說了逃跑計畫。」

「他毫不猶豫地支持妳？」

「是的，他全力支持我，幫我做準備工作，幫我賣掉了母親留給我的首飾和證券。在我逃跑的前一晚，我還不知道要逃到哪裡。季詠對我說：『我從尼斯過來，明天就要回去。妳願不願意跟我去尼斯？現在，里維艾拉是妳所能找到最安全的地方。』我沒有理由拒絕他。雖然我並不愛他，但他看起來非常眞誠且忠實，於是我接受了他的建議。」

「太大意了！」勞爾忍不住說道。

「是的，況且我們根本算不上是朋友。但我又能怎麼辦！我孤身一人，遭遇不幸且受盡虐待。這時，我自然很高興有人願意幫我一把……所以我們就一起逃跑了。」

歐蕾麗微微猶豫了一下。接著，她加快速度繼續說：「後來，正如你知道的那樣，旅途非常可怕。當季詠把我扔進從醫生那兒搶來的馬車時，我已精疲力竭。他把我帶到另一個車站，因爲我們的票是去尼斯的，所以我在那個火車站取回了我的行李。但我開始發燒和出現幻覺，行爲舉措簡直有如行屍走肉。他利用了這個機會要我陪他潛入一座無人的莊園，取回別人從他那兒拿走的證券。我去了，雖然根本不知道要去哪裡。我什麼都沒想，只是跟隨著他。然後在莊園裡，我被若多攻擊並且擄走……」

「然後我又一次地救了妳，而妳卻馬上丟下我逃走。算了！若多也想知道那個祕密嗎？」

「是的。」

「然後呢?」

「然後我回到旅館，季詠懇求我跟他去蒙地卡羅。」

「但那時妳不是已經看清這個人了?」勞爾反駁道。

「是啊，但那兩天我整個人簡直快瘋了，再加上若多的攻擊，我幾乎就要崩潰。因此我跟著季詠走，甚至沒過問去蒙地卡羅的目的。我是那麼驚慌失措，對自己的卑鄙行爲感到羞愧不已，而眼前這個男人也變得越來越陌生，他一直折磨著我……那我究竟去蒙地卡羅做什麼?我實在不清楚。季詠把一些信件交給我，要我在走廊裡等他，之後他會來取走信交給一位先生。

「什麼信?什麼先生?爲什麼馬雷卡爾會在那兒?您又是如何從他手中救出了我?所有這一切的記憶我全都模糊不清。但我的本能被喚醒了，我對季詠的敵意越來越明顯。我討厭他，並且下定決心離開蒙地卡羅與他斷絕關係，準備躲回修道院這裡。他一直追我追到土魯茲，那天下午當我告訴他我決定離開他，他知道沒有什麼能讓我回心轉意後，他的臉因爲憤怒而扭曲了，他冷冷地、堅定地回答我:『好吧。我們各走各的。實際上，我無所謂。但我有一個條件。』『一個條件?』『是的，我曾經聽妳繼父布雷卡斯提到，妳母親留給妳的祕密。告訴我這個祕密，然後妳就自由了。』

「我總算明白了一切。他的所有保證和忠誠全是謊言，爲的是要博得我的好感，不然就是想威脅我，他唯一的目的就是——從我這兒逼問出那個我拒絕告訴繼父的祕密，也就是若多擄走我想從我口中得知的祕密。」

女孩不再說話，勞爾深情地看著她。她已經說出了全部實情，他深受震盪，接著便正色說道：

「妳想徹底瞭解這個人嗎？」

她搖了搖頭：「有必要嗎？」

「徹底瞭解會更好。妳聽我說，他自稱在尼斯佛勒杜尼莊園裡找尋的證券並不屬於他，他只是想把它們偷走。而在蒙地卡羅，他則企圖以一些會敗壞他人名譽的信件勒索十萬法郎。因此，他是個騙子、小偷，甚至更糟。」

歐蕾麗沒有反駁。她早已模糊地意識到了眞相，這會兒事實揭露，她反倒不太驚訝。

「謝謝您，把我從他那兒救了出來。」

勞爾接著說：「妳當時應該信任我的，而不是從我身邊逃跑。妳浪費了許多時間哪！」

「我爲什麼要信任你呢？你是誰？我並不認識你。馬雷卡爾指控你，但他也不知道你的名字。你每次都救我……是爲什麼？是出於什麼目的？」

他冷笑道：「妳是不是也想說……我和其他人一樣，同樣都想從妳身上得到那個祕密？」

「我沒有想說什麼。」她疲憊地低語著，「我什麼都不知道，也什麼都不懂。這兩、三個星期以來，我不斷在黑暗中碰壁，逼得我不再去信任誰。我再也不相信任何事、任何人了。」

他開始同情起這可憐的女孩，於是讓她離開。

勞爾一邊走一邊思考（他之前曾找到另一個出入口，是位於倒數第二層露臺底下的一道暗門，他打開了它）：「她對那個可怕的夜晚隻字不提。然而，貝克菲爾小姐死了，還有兩個人被殺。可是我的確看見她喬裝改扮，戴著面罩出現在列車上。」

但對他而言，一切也同樣神祕和難以解釋。在他周圍也籠罩著迷宮般的黑暗，只有幾處透出微弱的光線。自從列車凶案發生後，他無時不刻不記得他在貝克菲爾小姐屍體前發過的復仇誓言，但他也不想去做會扭曲碧眼少女在他心中優雅形象的任何事。

整整兩天，他沒再見過她。接著，連續三日她都來了，沒有解釋她爲何會來，她像是不得不來尋求保護似的。最初，她待了十分鐘，接著是十五分鐘和三十分鐘。他們很少交談。無論她是否出於自願，她似乎漸漸開始信任他。她變得更加溫柔，更願意接近他。她走近灌木籬笆的缺口，俯瞰底下那不斷泛起漣漪的大池塘。他仍試著問她一些問題，可是只要一涉及博庫爾那可怕的幾個小時，她就馬上迴避，並開始發顫和感到恐懼。但另一方面，她說的話也越來越多，談到她遙遠的過往，她在聖瑪麗修道院的生活，以及她在這個安詳、充滿溫情的地方所得到的平靜。

有一次，她隨意地把手張開，擱在花瓶的底座上，他俯下身，觀察著她掌心的紋路，並不觸碰她。「這正是我從第一天就開始猜測的事情……雙重命運，一個陰暗悲慘，另一個簡單幸福。它們互相交錯融合，甚至很難分得清哪個占了上風，哪個是眞實的，哪個與您眞正的本性相符？」

「我想是幸福的命運。」她說，「就像待在這兒一樣，儘管發生了這麼多苦難，我的心裡卻很快浮現出快樂和遺忘。」

他繼續說下去。

「要小心水。」他笑著說，「水會奪走妳的生命。沉船、洪水等等都非常危險，但它們終究會遠離……是的，妳命中的一切都已注定，是善良的女神占了上風。」

爲了使她冷靜下來，他撒了謊。她的唇邊偶爾露出了微笑，他有股強烈的念頭想親吻她，但他只敢看著她的雙唇。啊，他也想忘記這沉重的一切，任憑自己受她誘騙。

整整兩個星期，他都深深沉醉在快樂中，儘管他竭力隱藏，但愛情的眩暈眞教他如癡如醉；看著她，聽著她的聲音，在在令他忽略了身邊的一切。他沒有提到可怕的馬雷卡爾、季詠和若多他們。如果這三個人沒有出現，那他們一定是失去了碧眼少女的蹤跡。那麼何不放任自己沉醉在對碧眼少女的美妙愛情中呢？

但美夢突然間被驚醒了。某個午後，他們俯視著溪谷的樹叢，望著大池塘中的倒影，只見池中平靜無波，邊緣的細微波痕被推擠著流向庇里牛斯山脈激流。這時，從修道院花園那邊遠遠傳來了叫喊聲：「歐蕾麗……歐蕾麗……歐蕾麗，她在哪兒？」

「上帝啊！」女孩感到非常擔憂：「爲什麼會有人叫喚我？」

她跑到露臺的最高處，看到修女正沿著椵樹小徑走來。

「我在這兒……我在這兒！修女，怎麼了？」

「歐蕾麗，妳有一封電報。」

「電報！您不用過來，我下來拿吧。」一會兒後她回到露臺，手裡拿著急電，模樣十分驚慌。

「是我繼父寄來的。」她說。

「布雷卡斯？」

「是的。」

「他叫妳回去？」

「是，他很快就會到這裡！」

「爲什麼？」

「他來帶我回去。」

「不會吧！」

「不信，您看……」

他讀著，電報是從波爾多發來的——「四點到達。馬上就出發。布雷卡斯」

勞爾想了想，問道：「妳寫信告訴過他，妳在這兒？」

「沒有，但以前放假的時候他來過這兒。」

「妳打算怎麼做？」

「我又能怎麼辦？」

「拒絕跟他走。」

「修道院院長不會同意我留下的。」

「那麼，」勞爾暗示道，「現在就離開。」

「怎麼走？」

他指著露臺角落方向的森林……

她反對道：「逃走！像一個犯人一樣從修道院逃跑？不，不行，這對修女們來說打擊太大了，她們像疼愛女兒般愛著我，她們視我爲最優秀的女兒。不，絕對不行！」

她精疲力盡地坐在石凳上，任由身子倚靠著灌木籬笆。

勞爾走近她，嚴肅地說：「我不會對妳傾訴我對妳的感情，也不會告訴妳我究竟爲何捲入這一切。但請相信，我對妳的忠誠是一個男人對一個女人的忠誠，這個女人是他的一切。我相信……這樣的忠誠能使妳對我懷抱絕對信任，能使妳不顧一切聽從我的安排。這是拯救妳的條件，懂嗎？」

「是的，我懂。」她說道，她已完全聽從於他。

「我的命令，嗯，是的，是命令。去迎接妳繼父，不要做任何反抗，不要與他發生爭執，甚至不要說話，一句話都不要說。這是避免犯錯的最佳方式。妳跟著他回巴黎，回到巴黎當天晚上，妳隨便找個藉口出門。有個白髮老婦人會在離門口二十步遠的車上等妳。我會開車帶妳去外省躲藏，沒有人能找到妳。我馬上就出發，我以名譽擔保，只要妳需要我，我就會回到妳身邊。好嗎？」

「好的。」女孩點了點頭。

「那麼，明天晚上見。記住我的話，不管發生什麼事，聽著，不管發生什麼事，沒有什麼比保護妳，比成功發起我的行動更重要。即使一切看起來都對妳不利，也不要洩氣，不要擔心。妳只要堅定地告訴自己，沒有任何危險能眞正威脅妳，因爲在關鍵時刻，我就會出現。我一直都在妳身邊。我會救妳，小姐。」

他俯身，輕輕吻了她斗篷上的緞帶。緊接著，他移開陳舊柵欄上的蓋板，跳進了矮樹叢中，朝通往暗門的小徑走去。

歐蕾麗坐在石凳上，沒有起身。

時間過了半分鐘。

角礫沙溝那邊傳來樹葉的摩娑聲，她抬起頭。小灌木叢在搖動，裡面有人。無疑地，有人躲在那兒。

她想呼救，但聲音卻哽住了。

樹葉擺動得越來越厲害。是誰？她以全身的力量祈禱此人是季詠，或若多？拜託，不要是馬雷卡爾。那兩個惡徒加起來遠不及馬雷卡爾帶來的邪惡。

有顆頭露了出來。馬雷卡爾從樹叢中走了出來。

這時，露臺底下傳來暗門關上的聲音。

chapter 7

地獄的入口

位於花園高處的露臺，幾乎沒有什麼人會來這裡，它隱藏在厚厚的樹叢後，為歐蕾麗和勞爾的祕密會面提供了幾個星期的絕對安全，而馬雷卡爾當然也可能在幾分鐘內便找到這處讓歐蕾麗求救無門的地方。故事必將一直延續到對手想結束它為止，結局也將必然符合這邪惡之徒的無情意志。

馬雷卡爾洋洋得意，他完全不急著動手。他慢慢朝她走過去，在她面前停下腳步。即將到手的勝利自信地擾亂了他平靜的臉，臉上僵硬的線條開始變得扭曲。他咧開左嘴角，不經意扯起半邊修剪齊整的鬍子。晶白的牙齒在陽光下閃閃發光，眼裡透露著冷酷和無情。

他冷笑道：「小姐，我想事情發展至此對我來說還不算太糟糕。您休想像上次在博庫爾火車站那樣從我身邊逃脫，休想像在巴黎那樣把我趕走。我將讓妳受到最嚴厲的法律制裁！」

馬雷卡爾挺起胸膛，綳緊手臂，緊握的拳頭撐著石凳，歐蕾麗在旁極度恐懼地注視著他。她一聲不吭地等待著。

「美麗的小姐，能這樣看著您眞好！我愛妳的方式如此激烈，所以看著妳在我面前表現出恐懼和反抗，當然不會令我感到不快。征服獵物是令人非常激動的一刻……啊，這麼美麗的獵物……」馬雷卡爾低聲地重複著，「妳眞的非常、非常美麗呀！」

他瞄了一眼旁邊的電報，立刻嘲笑地說：「這位是厲害的布雷卡斯？他突然跟您說他要來？我早就知道、我早就知道了。我親愛的長官，哈哈，我已經監視了他兩個星期，而且我知道他最祕密的計畫，誰教我在他身邊安插了一些心腹呢。正因爲如此，我才會知道妳躲在這兒，所以比他早到了幾個小時，讓我有時間探察這附近的森林、山谷等等，並且遠遠地監視妳。看到妳朝這個露臺快步走來，所以我爬上這裡，還瞧見了一個遠去的身影。那是妳的情人吧？」

馬雷卡爾又向前走了幾步，女孩的身子微微一抖，他的胸膛已經抵住石凳旁的灌木籬笆，離她不能再近了。

他發怒了：「美人，我想剛剛您的情人愛撫著妳的時候，妳可沒有這麼退縮吧。這個幸運的男人是誰？是未婚夫？應該只是情人吧。瞧，我來得正是時候，及時守護了我的獵物，也阻止了這個天眞的聖瑪麗修道院寄宿生做傻事。啊，我眞沒料到……」

他抑制住快要爆發的憤怒，繼續彎身逼近她：

「無論如何，好極了，事情變簡單了。既然我手上握有所有的王牌，接下來要做的事將會受到世人的讚賞。我的運氣還眞好！看來，歐蕾麗是個輕浮的女人，她殺人和行竊之後便躲進了山林，現在她竟想裝做若無其事擺脫這一切。那爲什麼不與我結盟呢？妳的愛人有他的優點，我也有值得稱道的優點啊，妳覺得這個提議如何，歐蕾麗？」

她不發一語，固執地沉默著。她的敵人終於被這可怕的靜默惹怒，一字一句地強調道：

「我們可沒有時間調情，也沒有時間不斷轉換話題聊天，對吧，歐蕾麗？我們應該坦率以對，不需要怕產生誤會而字句斟酌。讓我們開門見山吧，過去的事和我所承受的恥辱都可以避而不談。這些都不重要，重要的是現在，僅此而已。妳的處境就是，犯下快車凶殺案，潛逃到山林裡然後被捕獲，我手上握有二十多項證據，每項都能置妳於死地。我只想把妳抓住，帶到妳繼父面前，在所有證據面前大聲向他宣布：『那個在火車上殺了人、讓我們到處追捕的人就是她……而我已經拿到了逮捕令，我會通知警方來抓她！』」

馬雷卡爾恐嚇般地抬起手臂，像他所說的那樣抓住了他的罪犯。

空氣中繼續凝結著沉默，他放開威脅的手，總結道：「總之，您是有選擇的。一個是，我公開告發妳，讓妳面臨可怕的刑事審判和處罰。但我準備給妳另一個選擇，而且要馬上同意妳能猜到的那個條件——我要的不是承諾而是誓言，我要妳跪著發誓，然後一回到巴黎，妳就獨自來我家見我；現在就用親吻來證明妳對我的忠貞，我可不要一個充滿仇恨和厭惡的親吻，我要妳自願地、深情地給我美妙的親吻。噢，歐蕾麗，給我一個情人的吻……回答我，該死的！」馬雷卡爾憤怒地大聲叫嚷著：「告訴我，妳準備答應了。我受夠了妳那該死的表情！答應我，否則我會抓住妳，親吻或坐牢妳都逃不掉。」

這次，他舉起手臂粗暴地抓住她的肩膀，另一隻手則掐住她的喉嚨，將她的頭擠壓到籬笆上，他的嘴唇吻向她的……但還沒吻上，馬雷卡爾便感到女孩癱倒下去。她昏了過去。

這讓馬雷卡爾驚慌失措。他來到這兒並沒有周全的計畫，不過是計畫在布雷卡斯到達之前，與她談上一個小時，不僅要以自己的官威職權威逼，更期盼從她口中說出莊重審慎的婚約諾言。但事情發生了意外，現在他面前卻癱著一個昏迷不醒的女人。

有那麼幾秒鐘，他伏在她身上，以渴望的眼睛注視著她，並下意識環視了這座徹底被樹叢包圍、封閉且毫不引人注目的露臺。啊，不會有人看到的，也不會有任何干擾。

但當他望向籬笆時，他頓時有了另一個主意。從樹叢的缺口，他注意到有個荒無人煙的小山谷，黑色樹木覆蓋下的森林既神祕又昏暗，他剛才路過時便留意到那兒有一個山洞。他想將歐蕾麗關進那裡，派警力加以看守。歐蕾麗將被關押在那兒兩天、三天、甚至八天，這難道不是出乎意料的勝利結局，難道不是整件事的開始和結束？

馬雷卡爾輕輕吹了聲口哨。他往對面的森林望去，大池塘另一邊的的灌木叢中有兩隻手臂正在朝他揮舞。這是約定好的暗號，那兒躲了兩個人，是他爲實施陰謀設下的崗哨。靠近他，池塘這邊的小船則在搖晃著。

馬雷卡爾不再猶豫，他明白機會稍縱即逝，如果不趁機抓住女孩，她就會像影子一樣消失。他再次穿過露臺，女孩似乎馬上就會醒來。

「行動吧，」他對自己說，「否則……」

他朝女孩的臉上丟去一條領巾，繫住她的嘴角兩側，最後塞住她的嘴。他抱起她，將她帶走。女孩十分瘦弱，輕盈得沒什麼重量。他是那麼強壯，很輕易就能將她抱起。但當他走到籬笆缺口處時，他發現牆基上被暴雨沖刷出的沙溝幾乎是陡直的，他想必得謹慎行事。因此，他先將歐蕾麗放在缺口處。

她在等他犯錯？這對她來說是個絕佳機會？無論如何，馬雷卡爾的一時疏忽立刻遭到還以顏色。女孩行動之迅速令馬雷卡爾措手不及，她扯掉領巾，不顧一切、毫不猶豫地滑下了沙溝，像一塊脫落的石頭滾在石子和沙子的崩塌中，揚起一陣塵土。

馬雷卡爾終於從震驚中反應過來，他冒著摔落山崖的危險向前衝去。他看著她冒險而下，自己也踉蹌著從峭壁衝下河岸，像一頭不知要逃向何處的困獸。

「妳完蛋了，可憐的小妞。」他大聲喊道，「妳這麼做只會摔斷腿。」

他追上了她，歐蕾麗害怕地搖晃著，險些摔倒。這時他感覺到有個什麼東西從露臺上掉下來，突然倒在他旁邊，呼，是一段樹枝。但轉過身，便看到一個用手帕蒙住臉的男人，他應該就是歐蕾麗的情人吧。馬雷卡爾趕緊掏出手槍，還沒來得及開槍，胸口便重重挨了一腳，使他跪膝踩入從池塘沖積上來的淤泥中。馬雷卡爾發狂地站了起來，用槍瞄準在二十五步開外、正準備將女孩抱入小船的情敵。

「站住！否則我就開槍了。」他大聲喊道。

勞爾沒有回答。他從容地豎起一張半朽壞的凳子當做盾牌，保護著自己和歐蕾麗。接著，他將小船往外推，小船立刻在波浪中晃盪起來。

馬雷卡爾開槍了。他開了五槍。他不顧一切地瘋狂開槍，但這五發子彈很可能已經浸得濕透，沒有一發射得出來。接著，他又吹了一聲尖銳的口哨。兩個男人立刻從大池塘對面的矮樹叢中跳了出來，活像兩個從盒子裡跳出的小丑。

勞爾將船划到池塘中央，那裡離對岸大約只有三十公尺。

「不要開槍！」馬雷卡爾大吼道。

事實上，一切都是徒勞。勞爾無處可逃，庇里牛斯山的激流就這麼匯入深淵之中，爲了不被漩渦的水流捲入，他只能筆直地朝對岸靠近，但那裡有馬雷卡爾的兩名手下拿槍等著他們。

勞爾當然想到了這一點，因此他突然調頭，朝原方向駛回，在那兒他只需要對付一個已經繳械的敵人。

「開槍！開槍！」馬雷卡爾隨即識破了勞爾的想法，開始大聲叫喊著，「他朝我這邊來了，現在馬上開火！快啊，開槍，該死的！」

其中一人開了槍。

小船上傳來一聲尖叫。勞爾鬆開槳，倒了下去，少女絕望地撲向他。槳被水流沖走了。小船在原地逗留了一會兒，接著船首朝著水流的方向往後退去，一點一點地往後滑，速度越來越快。

「該死！」馬雷卡爾喃喃道，「他們完蛋了。」

但他又能做什麼？結局毫無疑問。小船爲兩條激流逮住，它們從兩側朝中間的水流擠撞，由此形成了漩流，急遽地往前衝。這兩條激流最後終於潛入了水底，像一道箭矢流進一個巨大的入水口，然後被吞沒。

所有這一切，都在勞爾和女孩划船離開河岸後的兩分鐘內發生。

馬雷卡爾一動也不動地呆立在那兒。他人還泡在水裡，面容因恐懼而扭曲，他看著他們被拋入那有如地獄的所在，就像注視著地獄的入口。他的帽子漂浮在水面上，鬍子和頭髮也全打亂了。

「怎麼可能……怎麼可能……」他結結巴巴地說著，「歐蕾麗……歐蕾麗……」

部屬的一聲呼喊喚醒了他。他們繞了一大圈來與他會合，發現他身上已經差不多乾透了。馬雷卡爾對他倆說道：「這是眞的嗎？」

「什麼？」

「小船？深淵？」

他已經分不清楚現實和夢境。噩夢中的那些可怕畫面，不就像這樣嗎，讓人感覺像眞實發生的事件一樣。

三人從架著一塊石板的洞上走去，上面長滿了蘆葦和從石縫中長出的植物。水流落下形成的細密瀑布，在巨大的岩石上閃現著圓形的光暈。他們俯身傾聽。除了波浪的急流聲，和隨著白色泡沫湧上來的冰涼氣流，什麼都沒有。

「這裡是地獄。」馬雷卡爾自言自語道，「這是地獄的入口。」

他失了魂般一再重複著：「她死了……她淹死了。眞蠢，多麼可怕的死法，早知道她會做這樣的傻事……我就……我就……」

他們一行穿過樹林。馬雷卡爾走得很慢，行屍走肉般跟隨著前面的人。好幾次，他們都想詢問他發生了什麼事。這兩名部屬並沒有什麼可取之處，他只是因爲要來這兒抓碧眼少女，才將他們招攬過來，他倆並非他部門裡的人，於是他將方才情況簡單以告。他沒有心思回答他們更多的問題。他在想歐蕾麗，她是如此優雅、如此充滿活力，回憶使他心神不寧，而悔恨和害怕則讓他更加心煩意亂。

此外，他也開始慌亂了起來。逐步逼近的調查很可能會波及到他，畢竟這起悲劇事件他也有份。事情必然造成轟動，他也將跟著垮臺。布雷卡斯絕不會放過他，這位死敵會毫不留情地追查到底，最後進行報復。

很快地，他想著得盡可能謹慎地離開這個地方。馬雷卡爾開始嚇唬他的部屬。他對他們說，這兒有危險，爲了安全起見必須分開逃跑。在警報拉響、他們被發現前，必須各自逃命。相較於之前約定的數目，他給了他們雙倍的錢。他自己則避開魯茲的住宅集中地，往皮埃爾菲特—奈斯塔拉斯方向逃跑，希望能在路上找到一輛馬車載他去車站，他打算坐晚上七點的火車離開。

就在距離魯茲三公里處，有個穿著粗羊毛大衣、戴著軟式扁帽的農人，正趕著一輛蓋著篷布的雙輪貨運馬車從他身旁經過。

馬雷卡爾蠻橫地跳上馬車，急切地命令道：「如果能趕上火車，我就付你五個法郎。」

農人不爲所動，絲毫不去趕他那匹在過寬的車轅間搖來晃去的瘦馬。

路途還很遠，車夫又不肯趕路。相反地，這農人反倒拉住了馬不讓牠前進。

馬雷卡爾頓時發怒。他已完全失控，但仍舊悲嘆地哀求道：「這樣會趕不上火車的啊，你的老馬跑不動了嗎？……十法郎，嗯，怎麼樣？」

他厭惡這個地方，這裡聚集著幽靈，它們會向警方提供追蹤他馬雷卡爾的證據。他沒有勇氣在這個親手害死人的地方過夜。

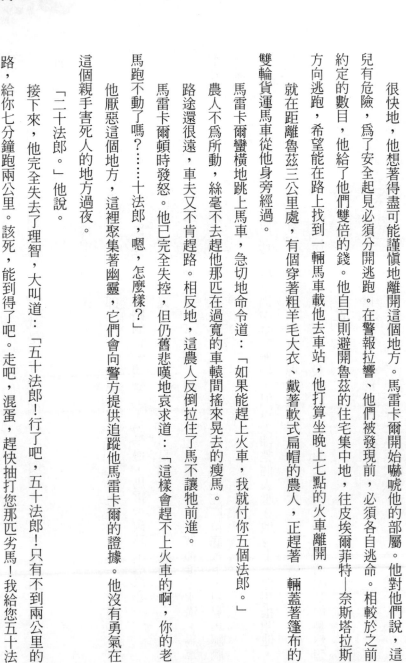

「二十法郎。」他說。

接下來，他完全失去了理智，大叫道：「五十法郎！行了吧，五十法郎！只有不到兩公里的路，給你七分鐘跑兩公里。該死，能到得了吧。走吧，混蛋，趕快抽打您那匹劣馬！我給您五十法郎……」

農人像預藏了一股猛烈的力量，彷彿就是在等待這個誘人的價錢，下一秒他開始用盡全力猛抽，瘦馬奔跑了起來。

「當心點，別把我們都撞進水溝裡去。」

農人狠狠嘲笑著這個場景！五十法郎！他奮力地揮著粗木棍，木棍的末端鑲著一大塊銅。發狂的馬兒開始狂奔起來。不住跳動的馬車從路的這一邊駛上了另一邊，馬雷卡爾越來越擔心。

「笨蛋！馬車會翻的……行了，見鬼！……看吧看吧，您這是瘋了！好了，我們到了……」

確實「已經到了」。車夫生澀地拉了一下韁繩，讓馬車更加偏離馬路，整個掉進了水溝。馬車翻覆了，這兩個不幸的人摔了個四腳朝天，而被馬具纏住的馬匹則仰躺在座位底板下，只見馬腿騰空亂踢。

馬雷卡爾很快就發現自己在這場車禍中毫髮無損，但車夫卻整個人壓在他身上。他想推開他，根本無從使力。這時，他聽到了一個親切的聲音在他耳邊低語：「魯道夫，能借個火嗎？」

馬雷卡爾登時感到全身冰冷，是她嗎？可是被殺害的人已經死去，又怎麼能復活呢？他驀然想起，頓時失聲說道：「是……列車上的那個男人……」

「對，就是列車上的那個人。」勞爾在馬雷卡爾的耳邊輕輕重複。

「是露臺上的那個人。」馬雷卡爾呻吟道。

「完全正確。是列車上那個男人，露臺上那個男人，同樣也是蒙地卡羅那個人，歐斯曼大道那個人，也是殺害魯布兄弟的凶手，歐蕾麗的同夥，小船上的船夫，趕馬車的車夫。馬雷卡爾，我親愛的老朋友，我敢說，你還有幾場硬仗要打。」

馬匹已經放完連珠屁，重新站了起來。勞爾慢慢脫掉身上的粗羊毛大衣，用它緊緊裹住警探，接著又推開馬車，抽出套馬具的幾條皮帶和韁繩，將馬雷卡爾捆得死緊。勞爾將警探扛出水溝，放在路旁的濃密灌木林之中，最後又以剩下的兩條皮帶，將馬雷卡爾連胸帶頸地綁在一棵樺樹上。

「我的老朋友魯道夫，遇上我算你倒楣。這是我第二次把你整個人捆得像具木乃伊啊！呵，我沒忘，你用來塞歐蕾麗嘴的領巾，這下可以用來塞住你的嘴。讓你不能叫、不被人發現，這才是對待俘虜的完美之道。不過，你還是可以用眼睛看，用耳朵去聽。聽，你聽到火車鳴笛了嗎？嘟……嘟……嘟……它帶著溫柔的歐蕾麗和她繼父離開了。我向你保證，歐蕾麗和你我一樣都還活著。只是經過了這麼多的騷動，她會有些疲憊；但這麼美妙的夜晚，她一定會好夢連連。」

勞爾將馬兒拴住，整理馬車的殘骸。接著，他坐到警探的身邊。

「這次的沉船很有趣，對吧？但這並不是什麼奇蹟，也不是什麼巧合。爲了阻止你的攻勢，我才不相信會有奇蹟或巧合出現，我只相信我自己。呃……我這些話不會讓你難受吧？你想睡了嗎？不想？好吧，那我繼續……

「我才剛在露臺與歐蕾麗分開，路上就隱隱感到有些擔心——把她獨自留在那裡會不會不夠謹慎？我們永遠也不知道會不會有某個不懷好意的壞蛋在附近徘徊？會不會有某個油頭美男子在附近到處打探消息？……這些與生俱來的敏銳直覺就是我的法寶之一，我總是選擇相信它們。

「因此我又繞了回來。我看見了什麼？魯道夫，一個下流的綁架者、不正直的警探，正準備帶著他的獵物撲下懸崖。我從天而降，將你送進泥槳裡泡腳，我帶走歐蕾麗，用槳划船逃走！池塘、森林、山洞無處不能逃跑。啪嚓！你吹了一聲口哨，兩個瘦竹竿警探從樹叢裡站起來支援你。怎麼辦？問題看起來眞棘手！不，有個絕妙的主意……如果我被漩渦吞沒呢？正好，這時有一把白朗寧朝我連續開槍。我扔掉木槳，躺在小船的另一邊裝死，我向歐蕾麗解釋了我的計畫，撲通一聲，我們從陰溝的入口跳進了水裡。」

勞爾拍了拍馬雷卡爾的大腿，繼續往下說：

「不，老朋友，請你不要激動，我們並沒有冒險。只要是當地人都知道，從這條石灰岩鑿成的地道可以來到兩百多公尺以外的一處沙灘，隧道的盡頭鋪了好幾級舒適的臺階。每個禮拜天，孩子們都會穿越地道去那兒游泳，回程時再把小船拉回來，寬度夠得很，絲毫不會擦傷。就這樣，我們遠遠看到了你崩潰的模樣，目送你垂頭喪氣地離開，看著你因悔恨而步履沉重。我把歐蕾麗送回修道院的露臺，她繼父開車來接她去搭火車，而我則去拿我的行李。買了一個農人的車馬和一身破衣之後，我不捨地出發了，沒有任何目的，只爲掩護歐蕾麗順利離開。」

勞爾將他的頭靠在馬雷卡爾的肩上，閉上了眼睛。

「發生的這一切讓我有些累了，我得小睡一會兒。我親愛的魯道夫，爲我守夜吧，不用擔心。這一切都是爲了讓好人得到最好的回報，每個人都會有他應得的位子，而蠢貨只能當我這種機靈人的枕頭。」

勞爾沉沉地睡去。

夜晚已經降臨，黑暗包圍著他們。有時候，勞爾會醒過來，說些讚嘆燦爛星光和皎潔月亮的話。然後，又再次睡著。

快凌晨時分，他餓了。他從行李箱裡拿出一些食物，先拿掉塞住馬雷卡爾嘴巴的領巾，遞給他一些食物。

「吃吧，我親愛的朋友。」勞爾一邊說，一邊把乳酪放進嘴裡。

但馬雷卡爾立刻發怒，吐出乳酪，含糊不清地說著：

「笨蛋！傻瓜！你才是蠢貨！你知道你做了什麼？」

「當然囉！我救了歐蕾麗。她繼父把她帶回巴黎，我也將去巴黎與她會合。」

「她的繼父！她的繼父！」馬雷卡爾大聲叫道，「你難道不知道……」

「什麼？」

「她的繼父愛她。」

勞爾失控地掐住馬雷卡爾的喉嚨。

「笨蛋！傻瓜！你在說什麼，你就不能安安靜靜聽我說話？什麼，他愛她？啊，混蛋，所有人都愛這位小姐！好一群野獸！您從來不照照鏡子嗎？尤其是你，你這張油裡油氣的臉眞讓人作嘔！」

「聽著，馬雷卡爾，我會把她從她繼父那兒奪過來。你不要再去糾纏她，不要再來打擾我們。」勞爾又俯身對他說道。

「不可能。」警探聲音低啞地說。

「爲什麼？」

「她殺了人。」

「那麼你打算怎麼做？」

「把她送上法庭，我一定辦得到，因爲我恨她。」

馬雷卡爾帶著仇恨狠狠地說出這句話，勞爾登時明白，在馬雷卡爾心中仇恨早已戰勝了愛。

「眞可惜，魯道夫。我原本想提供你一個高升的機會，像是警察總署署長這樣的職位。但沒想到你更喜歡作戰。隨你便，就從一個滿天星斗的美麗夜晚開始戰鬥吧。你自己保重。我呢，我會沿著馬路快馬疾行到盧德，離這兒大約二十公里遠，我的精瘦公馬小跑過去只需要四個小時。今天晚上我就會回到巴黎，很快就會帶著歐蕾麗到安全的地方。再見了，魯道夫。」

勞爾將行李緊緊地綁好，跨上馬背，馬兒並沒有配備馬鐙和馬鞍，但他卻像打獵般輕輕吹了聲口哨，英勇的騎士隨即隱沒在黑暗之中。

* * *

夜晚，巴黎固爾塞街道上，一棟小而美的寓所前停放著一輛車，老婦人維克朵娃正坐在車上等待著什麼。這棟公館便是布雷卡斯的宅邸。勞爾手握方向盤，坐在車上的老婦人是他的奶媽。

歐蕾麗並沒有出現。

第二天天色拂曉，勞爾又來到這兒等候。他留意著，街道上有個撿破爛的人，手裡拿著掛鈎在垃圾桶裡覓食，不久便離開。勞爾具備非常特殊的判斷力，他可以根據一個人的步伐及身上其他細節，聞嗅出對方的不尋常之處。他立刻發現這個穿著破衣、戴著骯髒鴨舌帽的人，正是那個他在佛勒杜尼莊園和尼斯公路上短暫交手的殺人犯——若多。

「天哪！」勞爾心想，「他已經開始行動了?」

早晨近八點，一名女傭從宅邸走出來，跑向隔壁的藥店。勞爾拿著一張大額鈔票上前與她交談，他得知，歐蕾麗前一晚被布雷卡斯帶回來後，便開始發高燒和出現幻覺。

中午十二點左右，馬雷卡爾出現在房子周圍，開始在附近徘徊。

chapter 8 戰鬥位置

這個意外提供了馬雷卡爾一個有利的競爭機會。歐蕾麗被留在房間裡，勞爾所提的計畫等於失敗，歐蕾麗不可能逃跑，只能被動地等待被檢警殘酷地告發。馬雷卡爾立刻另外布局，護理歐蕾麗的人是他的心腹，因此勞爾確信她每天都會向馬雷卡爾報告女孩的病情，只要她有所好轉，他馬上就會採取行動。

「是的，」勞爾心想，「他之所以沒有行動，是因爲還有一些原因使他不能公開舉發歐蕾麗，並選擇等她的病好起來。他在做準備，我們也要準備好。」

儘管事實總是與太過邏輯的假設相悖，勞爾不由得從目前的情況得出幾項結論。沒有人會想到這個奇怪的道理，儘管它是如此簡單，但勞爾確實是根據事情本身的情況進行判斷，而非借助於思考。他在混亂中模糊預感到，開戰的時刻已經到來。

他常常說：「探險時，第一步往往是最困難的。」

然而即便他已看清了某些行爲，但這些行爲背後的意圖仍不明朗。事件中的人物看起來像人偶般在狂風暴雨中狂奔亂跑。要想獲勝，光是每天保護歐蕾麗還不夠，勞爾得發掘過去，找出那個悲劇性夜晚支配和影響這些人內在的深層原因。

「除了我自己，歐蕾麗身邊一共有季詠、若多、馬雷卡爾、布雷卡斯這四個人，他們全都在糾纏她。這四個人之中，有一個因爲愛情而糾纏，其他人則是想從她那兒獲取祕密——是愛情和貪婪這兩個因素相結合，導致了整個事件的發生。但目前季詠無害；而我並不擔心布雷卡斯和若多，因爲歐蕾麗病得很厲害。現在只剩下馬雷卡爾，這絕對是需要加以監視的敵人。」

勞爾住進了布雷卡斯宅邸對面的一間空屋。另一方面，既然馬雷卡爾收買了護理人員，那麼他就從監視和收買女傭下手。當護理人員不在時，女傭曾三次讓勞爾進屋，來到歐蕾麗身邊。

女孩像是認不得他了。由於發燒的緣故，她整個人的心智非常耗弱，只能說些不連貫的字詞，隨即很快又閉上眼睛。但他相信她能聽見他的聲音，並知道自己溫柔的嗓音能讓她放鬆與平靜下來，就像某種特殊的磁場那樣。

「是我，歐蕾麗。」他說，「你瞧，我遵守了諾言，所以您完全可以放心。我向妳發誓，妳的敵人絕對鬥不過我，我會救妳出來的。爲什麼我願意這麼做呢？因爲我一直想著妳。我想重建妳的生活，讓它一點一滴重回單純和坦率。我知道妳是無辜的，我一直知道，儘管我曾指控過妳；現在，即使是最無可辯駁的證據，在我看來都是假的——碧眼少女不可能是罪犯。」

他並不害怕進一步對她吐露心聲，對她說最溫柔的話，而她也不得不聽；此外他還在其中夾雜了一些請求建議：「您是我的生命……我從來沒見過比妳更優雅、更具魅力的女人。歐蕾麗，放心地把自己交給我吧！您聽著，我要妳絕對信任我——如果有人問妳話，千萬別回答；如果有人要帶走妳，拒絕他；即使到了危急情況的最殘酷時刻，妳也要相信我。我會在妳身邊，我會永遠在妳身邊，我為妳而生，也因妳而生……」

女孩的臉上露出平靜的表情。她睡著了，像是在美夢的撫慰中熟睡了。

勞爾溜進布雷卡斯的房間，尋找能指引他的線索或文件，但毫無所獲。他也潛進位於雷弗利路的馬雷卡爾寓所，非常仔細地搜查了那裡。最後，他在這兩個男人工作的內政部辦公室展開了嚴密調查。布雷卡斯和馬雷卡爾之間的敵對和仇視情結眾所皆知，他們各自擁戴高層掌權人物，因而成為敵對陣營內政部長或警察總署署長彼此的眼中釘。他們公開指責對方的重大過失，也許有人會因此下台。但誰會是政治鬥爭下的犧牲品呢？

一天，勞爾躲藏在掛毯後面，他看見布雷卡斯待在歐蕾麗的床邊。這是個脾氣暴躁、臉型削瘦、面色發黃、身材高大、頗具風華的人，無論如何都比粗魯的馬雷卡爾更優雅高貴。她醒過來，看到他正俯身看著她，便生硬而懼怕地說：「放我走……放我走……」

「妳就這麼討厭我，」他喃喃自語，「啊，妳就這麼喜歡傷害我！」

「我從來不傷害我母親嫁的那個人。」她說。

他痛苦地看著她。

「我可憐的孩子，妳眞是漂亮……但太可惜了！爲什麼妳總是拒我於千里之外？是的，我知道，我錯了。就是因爲妳絕不可能愛上我，這麼長時間以來，我才會一直被妳不肯告訴我的那個祕密所吸引。如果妳不是這麼固執地保持沉默，我就不會只想著這件事，它們對我來說是種折磨……」

少女不想再聽下去，把頭轉開。然而他仍在繼續說著：「妳神智不清的時候，常常提到有個祕密，是關於這個嗎？還是關於妳失去理智和季詠一起逃走的事？那個混蛋把妳帶去了哪裡？妳躲到修道院之前的那些日子，又發生了什麼事？」

她沒有回答，或許是出於疲憊，又或許是出於蔑視。

* * *

經過兩個星期的調查後，勞爾洩氣地總結道，某些事他雖能以自己的方式加以解讀，但難題仍舊棘手，或至少表面上很難找到解決方法。

「但我並未浪費時間，」他隨即爲自己打氣，「這一點很重要。以靜制動，也是一種行動。」

至少整體環境看起來不再那麼凝重，我的判斷力也越來越精準可靠，在還沒有更多新的眞相揭露，我想自己仍處於中心位置。在激戰的前夕，當所有敵人磨拳擦掌互相比狠地對抗時，戰鬥用的必需品，以及找到強有力武器的需求，自然會給人帶來出乎意料的碰撞，很可能會迸出火花來的。」

然而，這一次迸濺出的火花比勞爾料想的早了許多，它照亮了某個黑暗的角落，但過去他曾認爲這個角落無關緊要。一天早晨，勞爾將頭貼在玻璃上，眼睛盯著布雷卡斯家的窗戶，他又看見那個身著奇裝異服的拾荒人，也就是那個殺人犯若多。這次，若多揹著一個布袋，裡面裝著他蒐來的東西。他把布袋放在房子的牆邊，坐在走道上，一邊亂翻離他最近的垃圾桶，一邊開始吃起東西。他的動作看起來很僵硬。但一會兒後，勞爾便輕易看出那個人只不過是從垃圾桶撿些揉皺的信封和撕碎的信紙。若多漫不經心掃視著文件，又繼續分揀這些信件，他想要的是布雷卡斯的信件。

一刻鐘過後，他揹起布袋離開了。勞爾一直跟蹤他到蒙馬特區，若多在那兒開了一家舊貨店。

接下來的三天，若多每天都來，每一次都重複著這項可疑的舉動。但到了第三天，某個星期天，勞爾驚訝地發現布雷卡斯也在他的窗戶後方監視著若多。而當若多離開之後，布雷卡斯小心翼翼地跟在他後面，勞爾也遠遠地跟著他們。他能發現布雷卡斯和若多之間的關係嗎？

他們一個接著一個穿過了蒙梭區，越過了巴黎的舊城牆，來到塞納河畔必努大道的盡頭。幾棟簡陋的房子錯落在空地上，若多倚靠著其中一棟坐了下來，放下布袋，吃起東西。

若多在那兒待了四、五個小時，布雷卡斯也在三十公尺外一間露天餐廳的棚架下，一邊吃午飯一邊監視他，勞爾則悠閒地躺在河岸上抽著菸。

若多離開後，布雷卡斯也從另外一邊離開了，像是對這件事失去了興趣。勞爾走進餐廳與老闆交談起來，從交談中，他得知若多方才所在的那棟別墅，直到幾週以前仍歸魯布兄弟所有，也就是在快車凶案中遭到殺害的那對兄弟。法院在房子上貼了封條，交由鄰居看管，而每週日鄰居都會出門去散步。

當聽到魯布兄弟的名字時，勞爾渾身戰慄。若多的小陰謀，開始顯現它的意義。

勞爾進一步多打聽了些情況，他得知這兩兄弟死前很少住在這裡，這棟房子只是用來當做倉庫，存放他們經營的香檳酒。他們與合夥人是分開的，各自獨立做著旅行推銷。

「他們的合夥人？」勞爾問道。

「是，他的名字還留在門邊掛著的板子上呢——魯布兄弟和若多。」

勞爾極力克制住自己的激動。

「若多？」

「是，一個臉色發紅的高胖男人，我們已經一年多沒見過他了。」

「這是相當重要的線索。」勞爾心想，「若多竟然是那兩兄弟以前的合夥人，但他卻殺害了他們。他絲毫並不擔心被抓，這一點沒什麼可驚訝的，因爲我們的大警探從不知道這樁案子裡有這麼一個若多的存在，誰教馬雷卡爾堅信那第三個共犯就是我。但爲什麼若多要來到死去兩兄弟曾經住過的這個地方？爲什麼布雷卡斯要跟蹤他？」

一整個星期平靜無波地過去了。若多並未出現在布雷卡斯的宅邸門前。星期六晚上，勞爾堅信，星期天早上若多就會回到兩兄弟的這棟房子前，因此他翻過毗連空地的圍牆，從某扇窗戶進到屋子的二樓。

這層樓的兩個房間都配有家具，一些跡象表示有人翻動過這裡。是誰，法院的人？布雷卡斯？若多？爲什麼呢？

勞爾對問題的答案並不執著。其他人來找些什麼，或什麼都沒找到，或者已經找不到了都無關緊要。他躺在一張扶手椅裡，準備在上面過夜。他用一個小手電筒來當照明，從桌上拿了本書，讀沒幾頁很快便睡著了。

眞相總是出乎意料地浮出水面。常常當我們以爲眞相還離我們非常遙遠，一個偶然的機會裡，它便老實地出現在我們爲它精心準備的位置上，而它所揭露的一切果眞値得！醒來後，勞爾再次翻了翻那本書。書封是以一種絲質黑布做裝幀，這是攝影師拍照時用來蓋住相機的布料。

他開始找尋這種布的來源，終於，在一個裝滿碎布和紙材的壁櫥裡找到了。只見布面被剪掉三個圓形，形狀都如盤子般大小。

「這就對了。」他激動地喃喃自語，「我全明白了。列車上那三個強盜的面具就是從這兒來的。這塊布是無可辯駁的證據，它會解釋發生的一切。」

現在，眞相在他看來如此合乎情理，與他隱約的直覺完全一致。從某種程度上而言，事實的眞相竟如此簡單，讓他忍不住在這幢幽靜的房子裡大笑起來。

早上八點，管理人進到屋子底層進行每週例行巡視，離開時並把門關緊。九點的時候，勞爾下到餐廳，打開若多靠坐在屋外時，那個位置正上方的百葉窗。

若多果然來了。他放下布袋擱在牆邊。接著坐下來開始吃東西，一邊吃一邊低語，聲音非常小，勞爾完全聽不見他在說什麼。他吃了燻肉和乳酪，抽著菸斗，讓勞爾待的地方也變得煙霧繚繞。

很快地，他又抽了第三斗菸。就這樣過了兩個小時，勞爾不明白他爲何要在那兒呆坐那麼久。透過事先打開的百葉窗，可以看到他那雙包在破褲子底下的兩條腿，和鞋跟已經穿壞的廉價皮鞋。另一邊，塞納河的水正慢慢地流淌著，河邊滿是來來往往散步的人。布雷卡斯應該正在露天餐廳的棚架底下監視若多吧。

就要正午了，若多終於又開口說話：「怎麼？什麼都沒發現？這怎麼可能！」

若多說話的語氣不像是在自言自語，而像在對身邊的某個人說話。然而，沒有人回答，他身邊並沒有人。

「該死的笨蛋。」若多繼續低聲埋怨著，「我跟你說過了，它肯定在這兒！我不只一次拿在手裡看過，我親眼見到過。你按照我告訴你的話去做了嗎？就像那天在左邊找那樣，地窖的右邊全找過了？那……你應該能找到才對啊！」

若多沉默了很久，接著又說：

「也許我們該試著找找空地的其他地方，也許在快車行動之前，他們已經把瓶子扔到屋子後面去，那也許是露天藏東西的絕佳位置也說不定。如果布雷卡斯已經找過地窖，他也許沒想過要去外面找。去找找吧，我在這兒等你。」

勞爾沒有繼續聽下去。他思考著，若多提到地窖後，他便明白了，這個地窖應該是從房子的一端延伸到另一端，臨著街道的那邊有扇氣窗，另一邊的上面也有一個。穿過地窖很快就能到達房子的另外一頭。

他飛奔至二樓，從其中一個房間望出去正好可以看到那塊空地。很快地，他知道自己的假設完全正確。在一片荒廢的空地上，豎著一塊寫著「出售」的告示牌，而在一堆廢鐵、大木桶和碎瓶子之間有個七、八歲的小男孩，他非常瘦弱，灰色的罩衫貼著他那細瘦至極的軀體，這正是他能像隻松鼠般靈活在屋裡屋外鑽進鑽出的最佳掩護。

男孩小範圍地搜尋著，他看來十分仔細地找尋一個可能藏在縫隙中的瓶子。如果若多沒有弄錯，應該很快就能找到。確實如此，十分鐘過後，男孩在幾個舊貨箱底下找到了。他站起身，立刻朝房子這邊跑過來，手裡拿著一只頂部已經碎掉的細頸瓶。瓶子灰濛濛的，裡面全是灰塵。勞爾火速衝到底層，想從地窖穿過去，以便從孩子那兒將戰利品騙過來。但他從門廳看見地下室的門鎖著，只好再次回到餐廳的窗戶旁邊監視。

若多喃喃自語道：「行得通嗎？找到了？啊，太棒了……『任務成功』。我的朋友布雷卡斯休想再來煩我。快，鑽進袋子裡。」

男孩當然得「鑽進袋子裡」，他彎腰從氣窗的木條間爬出，像隻白鼬那樣鑽入布袋的底部，只見布袋不停地晃動著。若多隨即站了起來，扛著布袋離開。

勞爾毫不猶豫地扯掉封條，砸碎暗鎖，從房子裡追了出去。

若多在三百公尺外的遠處慢慢走著，扛著那先後幫他搜查了布雷卡斯宅邸及魯布兄弟地下室的小同夥。布雷卡斯在距離若多一百多公尺遠的樹叢中，躲躲閃閃地跟蹤著。勞爾也察覺到，塞納河上有個佯作釣魚的釣客也朝相同的方向划船——那是馬雷卡爾。意即，若多被布雷卡斯跟蹤，布雷卡斯和若多被馬雷卡爾跟蹤，這三個人又被勞爾跟蹤。遊戲的關鍵是得到那只瓶子。

「激盪人心的時刻來到了。」勞爾心想，「若多拿到了那只瓶子，但他卻不知道我們都在覬覦它。剩下的三個小偷，誰最聰明？如果沒有我羅蘋，我敢打賭會是馬雷卡爾。但不幸的是——羅蘋出現了！」

若多突然停下腳步。布雷卡斯也是。馬雷卡爾同樣停止划船。勞爾也是。

若多放鬆了布袋束口，讓裡面的孩子能更舒服點，他坐進一張椅子開始檢查那只瓶子。他搖了搖，又朝著陽光查看。

布雷卡斯心想，該是時候開始行動了，他慢慢地靠近若多。

他打開陽傘，像拿著盾牌般遮住臉。而船上的馬雷卡爾則戴著一頂大草帽。

當布雷卡斯走到距離長凳三步遠，他立刻收起陽傘，完全不顧行人的異樣眼光，撲向了若多，一把搶過他手上的瓶子，一溜煙地往舊城牆的方向逃跑。

布雷卡斯的動作非常乾淨俐落。若多嚇得呆住，他遲疑了一下，開始大叫起來，抓起隨身布袋，又再次放下它，像是擔心帶著這個重物沒法跑得更快……總之，他已經出局。

馬雷卡爾顯然已預料到布雷卡斯的行動，他早就上了岸並向前衝出去；勞爾也同樣追了過去。三個小偷搖身一變成了三個競爭對手。

布雷卡斯這個冠軍只想頭也不回地逃跑。馬雷卡爾一心只想追上布雷卡斯，自然也沒回頭。因此，勞爾完全不用擔心他們會發現自己。有什麼可擔心的呢？

十分鐘後，三個賽跑選手中的第一名已經跑到了泰恩門。布雷卡斯熱得滿頭大汗，他把外套脫掉。稅徵處前停靠著一輛電車，許多乘客正在車站等著搭車回城裡。布雷卡斯混進了人群中，馬雷卡爾也跟著混了進去。

售票員開始叫號，人潮十分洶湧，馬雷卡爾不費吹灰之力就從布雷卡斯的口袋取走了瓶子，布雷卡斯絲毫沒有察覺。馬雷卡爾穿過稅徵處，飛一般地跑走。

「這兩個傢伙，」勞爾冷笑道，「互相淘汰，沒我的事。」

勞爾也穿過了稅徵處，他看見布雷卡斯絕望地掙扎著想從電車裡出來，儘管人群擁擠，布雷卡斯還是想去追那個小偷。

馬雷卡爾跑到一條與特納街平行的街道上，兩條街都很狹窄曲折。他發瘋似地跑著，來到瓦格拉姆大街才稍事休息。他已經氣喘吁吁，臉上布滿汗珠，眼睛充血，靜脈突起，他擦擦汗，看來已經跑不動了。

馬雷卡爾買來一份報紙，看了一眼瓶子後便將它包起來。接著，他將瓶子夾在腋下，搖搖晃晃地再次前行，動作有如懸絲木偶般僵硬不自然。他的衣領已經扭曲變形得像塊濕布，鬍子的兩邊也滴著汗珠。

快到星星廣場時，有位戴著厚厚黑框眼鏡的男子迎面朝他走來，嘴裡叼著一根點著的菸。這名男子擋住了他的去路，當然不是爲了向他借火，而是迅雷不及掩耳地朝他的臉吐了口菸，露出森森的白牙微笑著。

警探瞪大了眼睛，結結巴巴地說：「您是誰？您想幹什麼？」

但問又有什麼用呢？難道馬雷卡爾不清楚這名故弄玄虛的男子，就是那個——被他稱爲第三名凶案同夥，歐蕾麗的情人，以及他永遠的敵人老兄嗎？

這個對他而言活像魔鬼的男人伸出手抓住了瓶子，並用玩笑的口吻深情地說：「來吧，給我……對我親切一點嘛……拿來吧。像你這種高級警探哪裡可能帶著一只瓶子上街閒逛？快點，魯道夫，把瓶子給我！」

馬雷卡爾馬上就洩氣了。他大聲呼救著，試圖藉路上行人之力來幫他對付這個難纏的對手。但他立刻爲勞爾的目光懾服了，這地獄般的目光瞬間奪走他所有的力量，他只能愚蠢地呆立在原地，絲毫未意識到該反擊，反倒像個理當交還偷竊物品般的小偷，任由勞爾從自己脅下抽走瓶子。

這時，布雷卡斯也趕到了，他上氣不接下氣，完全沒有力氣再衝向這第三名小偷，也沒有力氣質問馬雷卡爾。兩人都驚訝地呆立於人行道旁，目送這位戴著圓眼鏡的男子招了一部車，輕鬆愉快地跳上車子，還從車窗朝他們行了大大的帽禮。

一回到家，勞爾便扯掉包裹著玻璃瓶的報紙。這是一只一公升容量的瓶子，看上去像個老舊的水瓶，瓶身爲黑色不透明的玻璃，上頭沒有瓶塞。瓶子的標籤積滿灰塵，斑駁髒舊，幸好未因歲月風雨而完全毀損，紙面第一行幾個粗體的大字依舊清晰可辨——「**青春之水**」，下面幾行小字則有些模糊難辨，應該是這青春之水的配方——

小蘇打一・三四九克

碳酸氫鉀〇・四三五克

碳酸氫鈣一・〇〇〇克

及其他微量元素

還有件東西在瓶子裡搖動，某種很輕、聽起來像紙一般的東西。勞爾將瓶子倒了過來，搖晃幾下，但倒不出東西。

他在一條細繩的一端打了個大結，將它垂放入瓶中，耐心撥弄著，終於成功吊出一個捲成團狀、裝在紅色管子裡的小紙條。展開後，他發現這只是半張小紙條，另外半張已經被裁去，更準確地說應該是被隨意撕掉了。墨水字跡多已褪掉，但他還是認出了這幾行字——「……指控是眞實的。我正式供認：由我一個人承擔所有的罪行，不牽涉到若多和魯布兄弟。布雷卡斯」

勞爾一眼便認出這是布雷卡斯的筆跡，但這些字早已因歲月推移而泛白，但根據紙張狀況可推斷這張紙約莫是十五或二十年前的東西。是什麼罪行？他在向誰認罪？

勞爾思考良久，自語地總結道：

「這件案子之所以如此難以解決，起因於它是雙軌進行的，兩起悲慘事件互相交錯，第一件引發了第二件。快車凶案自然是第一起悲劇，人物包括魯布兄弟、季詠、若多和歐蕾麗。現下浮出檯面的這起是第二件，牽涉其中的人物則是若多、布雷卡斯。

「這種情況對那些沒能得到開鎖密碼的人而言無異越來越複雜，但對我來說卻越來越清晰。戰鬥的時刻就要來臨，關鍵就在歐蕾麗，或者更準確地說——在於她那美麗碧眼深處閃爍著的祕密。有誰能憑藉力量，或是依靠計謀，或是用愛，成爲她目光或心底深處的主宰，就能成爲那個祕密的主人。但爲了這個祕密，已有太多人犧牲。

「但唯有馬雷卡爾，身陷在貪婪的復仇和仇恨的漩渦中，內在夾雜著激情、野心和仇恨，外衣裹著司法這個可怕的戰爭武器。但做為事件的另一方，我該……」

勞爾非常審愼地計畫著，無疑地，他得花費更大的力氣，只因每個對手都變得更加謹愼了——雖然沒有任何確鑿證據證明看護人員向馬雷卡爾透露消息，女傭被勞爾收買，但布雷卡斯還是將她們兩人都辭退。此外，他也關上了宅邸前所有的百葉窗。另一方面，馬雷卡爾則調派警力在布雷卡斯宅邸前那條街上巡邏。消失的對手僅有若多，極可能是因爲他弄丟了寫有布雷卡斯供詞的文件，而不得不躲在某個安全的藏身之處。

這狀況整整持續了兩個星期。其間，勞爾化身爲另一個人，想方設法經由介紹接近那位公開力挺馬雷卡爾的內政部長夫人。他成功占領了這個女人的心，這位夫人稍顯幼稚、嫉妒心極強，丈夫在她面前根本沒有祕密可言。勞爾的殷勤周到爲她帶來快樂。她渾然不知自己被馬雷卡爾所利用，也不知道馬雷卡爾對歐蕾麗的感情，她一點一滴向勞爾透露著這位大警探的意圖——包括他逮捕歐蕾麗的計畫，以及他是如何尋求夫人幫助，執行推翻布雷卡斯及其陣營的詭計。

勞爾的確有些擔心。馬雷卡爾的攻擊計畫如此周延，以至於他正考慮是否該先下手爲強，劫走歐蕾麗，粉碎敵人的計畫。

「然後呢？」他自問道，「逃跑又有什麼用呢?衝突依然存在，一切都會捲土重來。」

他克制住自己的衝動。

一天午後，他回到家，收到了一封信。部長夫人在信中告訴他，馬雷卡爾的最終部署——包括逮捕歐蕾麗的時間預定在明天七月十二日下午三點。

「我可憐的碧眼少女！」勞爾心想，「她會對我懷抱信心嗎？會像我對她說的那樣，應付敷衍其他人嗎？她是不是還會哭泣和煩惱呢？」

勞爾安穩地睡著了，就像一名偉大的統帥在戰爭前夕那樣。翌日早上八點鐘，他從床上跳起，決定性的一天開始了。

然而接近中午時，服侍他的女傭、也就是他的奶媽維克朵娃，拎著食物袋從傭人專用門進來時，卻撞見四個埋伏在樓梯上的人，強行闖入了廚房。

「您的主人在嗎？」其中一個突然問道，「走，快走，別想說謊。我是馬雷卡爾警探，我要逮捕他。」

「在書房。」維克朵娃面無血色，顫抖地小聲說道。

「帶我們去。」

他用手捂住了她的嘴巴，讓她無法大聲呼喊通知她的主人。他跟在她背後，沿走廊走著，在走廊的盡頭，她朝他們指了指其中一個房間。

於是，這個對手在猝不及防的情況下遭到逮捕，他被綁得像個包裹帶走了。馬雷卡爾僅簡單地向他宣告：「您就是列車凶案的主謀，您的名字是勞爾·林姆茲。」

接著，他又對部屬說：「把他帶到拘留所，逮捕令在這兒。謹慎點，千萬別透露這個『當事人』是個知名人士的消息。托尼，您負責押送他。勒邦斯，您也是。把他帶走。三點鐘，我們在布雷卡斯宅邸前碰頭。這次輪到那位小姐和她的繼父。」

馬雷卡爾指派兩名警探把當事人帶走，只留下索維諾這名助手。

他們立刻開始搜查書房，到處翻看文件和查找一些無關緊要的物品。但馬雷卡爾和助手索維諾都沒找到他們要的東西——是十五天前的那只瓶子，馬雷卡爾當時僅在人行道上匆匆瞥了一眼的「青春之水」。

他們去了隔壁一家餐廳吃午餐。接著，他們又返回勞爾的書房尋找。馬雷卡爾展開了猛烈攻勢。最後，在兩點一刻，助手索維諾終於在壁爐的大理石後方發現了那只久聞大名的瓶子。瓶子上方塞上了瓶塞，還以紅蠟嚴密地封住。馬雷卡爾搖了搖瓶子，將它放在燈泡的光源處查看——啊，裡面有一張紙捲。

他猶豫了。他要不要看這張紙條呢？

「不，還不行！我要在布雷卡斯面前看。太棒了，索維諾，我的孩子，你做得太漂亮啦！」

馬雷卡爾快樂無比，自言自語地邊走邊離開：「這次，我們就要達成目標了。布雷卡斯的命運掌握在我手裡，我要緊緊將他箝制住。至於那個小妞，哈，已經沒有人救得了她！她的情人已經被關進監獄。只剩我倆了，親愛的！」

chapter 9

女孩別驚慌

當天下午兩點左右，馬雷卡爾口中的「小妞」穿好了衣服。一個名叫瓦倫泰的老僕人，是目前這棟房子唯一的傭人，他正在房裡服侍她用餐，並告知布雷卡斯想和她談話。

她的病情才剛好轉，臉色蒼白、非常虛弱，勉強能站起身，她要將頭抬得高高地以表現她對眼前這個男人的厭惡。她在嘴唇上搽了口紅，兩頰塗了點脂粉，下了樓。

布雷卡斯在二樓的書房等她，大白天的，房間窗戶外的百葉窗緊閉，僅有一個燈泡當做照明。

「坐吧。」他說。

「不用了。」

「坐下，妳還累著。」

「你要跟我說什麼快說，我要上樓去了。」

布雷卡斯在房裡來回踱步，他的臉上透露著憂慮和不安。他不時偷偷望向歐蕾麗，心中懷抱的敵意和感情一樣多，像個苦苦掙扎、難以抑制自己欲望的男人。但同時，他也在同情她。

他走向女孩，將手按在她的肩上，強迫她坐下。

「妳說得對。」他說，「這場談話，時間不會太久，幾分鐘就夠了。然後，妳可以做決定。」

他倆近在咫尺，關係卻像兩個相隔遙遠的對手，布雷卡斯也感覺到了這一點。他所有的言語只能擴大他倆之間的鴻溝。但他仍緊握拳頭，一字一句地說著：「妳還不知道我們已經被敵人包圍了吧，他們很快就會來了？」

「什麼敵人？」她喃喃低語。

「唉！」他說，「妳不知道嗎？馬雷卡爾……馬雷卡爾恨妳，他想報復。」

布雷卡斯神情嚴肅地繼續低聲說道：「聽著，歐蕾麗，他已經監視我一段時間了。他們已經搜查過我在內政部辦公室的抽屜。我的上司和下屬，所有人都聯合起來對付我。爲什麼？因爲他們或多或少都從馬雷卡爾那兒得到一些好處，而且所有人都知道他是部長面前的紅人。而妳和我，我們已經被他的仇恨給繫在一起；的確，無論妳願不願承認，我們也因過去共同生活而連結在一起。我毀滅了，妳也逃不了。雖然我不知道是什麼原因，但我感覺得到他們想威脅的人是妳。是的，從某些徵兆來看，我直覺他們會在緊要關頭放過我，但妳卻會直接受到威脅。」

「什麼徵兆?」女孩的臉色更白了，她看起來簡直就要暈過去。

「而且比這更糟的是，我收到夾在內政部文件中的一封匿名信……一封荒謬、毫無條理的信。信上告訴我，馬雷卡爾即將對妳展開追捕。」布雷卡斯回答。

「追捕?您瘋了嗎?就因為一封匿名信，您就……」她費力地吐出每個字。

「是的，我知道。」他說。「某位部屬收集了一些愚蠢的傳聞……當然，馬雷卡爾什麼陰謀都能做得出來。」

「如果您害怕，就請您走開。」

「我擔心的是妳，歐蕾麗。」

「我沒有什麼好害怕的。」

「不，這個男人想整垮妳。」

「那麼讓我走。」

「妳有力氣離開嗎?」

「只要能走出你囚禁我的這座監獄，只要能不再見到你，我就有力氣離開。」

他氣餒了。

「閉嘴!妳不在的這段時間裡，妳可知道我受盡折磨，幾乎快活不下去。只要不與妳分開，我什麼都承受得住。我全部的生命都依賴著妳的目光、妳的生命而存在……」

「我不許您這麼對我說話。您曾發過誓，這種話我再也不會聽見任何一個字，這種令人作嘔的話……」女孩憤怒地站起身，輕顫著身子嚴詞說道。

她再次坐了下來，看上去精疲力盡。

他離開她幾步遠，坐進一把扶手椅，將頭深深埋進臂彎裡，肩膀因抽噎哭泣而抖動著，像個被打敗的男人。對他而言，苟活下去顯然是個難以承受的重擔。長時間的沉默之後，他用低啞的語調說著：

「那時在妳逃走之前，我們還不是敵人。但妳回來後整個人全變了。歐蕾麗，妳究竟都做了些什麼，我指的不是妳寄宿在聖瑪麗的那幾年，而是在不久前我發瘋般找尋妳的那三個禮拜裡。唉，我怎麼沒想到修道院呢？這個卑鄙的季詠，我知道妳並不愛他，但妳卻跟他走了。爲什麼？你們兩個之間發生了什麼？他做了什麼？我直覺發生了很嚴重的事，因爲我感覺得到妳一直憂心忡忡。妳的幻病發作時，妳說自己像個不停在逃亡的人，妳看見了血和屍體……」

「不、不，那不是眞的……您聽錯了。」她戰慄地說著。

「我沒有聽錯。」他邊說邊搖頭，「妳瞧，即使到現在，妳的眼裡也充滿驚恐……彷彿妳的噩夢還在繼續似的……」

他慢慢地靠近她：「妳需要好好休養，我可憐的孩子。我正要告訴妳，今天上午我已經要求休假，我們出去度假。我向妳發誓，再也不說一句冒犯妳的話，而且不再逼問妳那個早該告訴我、而我本來就有權得知的天大祕密。相信我，我不會再試著從妳眼中讀出那個祕密藏在哪裡。我承認，長期以來總是威逼妳說，想辨讀出這個難以參透的謎團。但今後我不會再糾纏妳了，歐蕾麗，我不會再注視著妳，這是我的承諾。來吧，可憐的孩子，妳就可憐可憐我。妳正在受煎熬，雖然我不知道妳在等待些什麼，但回應妳的只有不幸。來吧……」

她軟硬不屈地繼續保持沉默。他們之間有著無法補救的裂痕，只因一直以來的相處不是語出傷人就是出言侮辱。尤有甚者，布雷卡斯那令人作嘔的迷戀愛意，比過去發生的這許多事更加導致他倆之間冰凍的關係、遙遠的距離……正是如此多的原因，令他們一直以來衝突不斷。

「回答我！」他說。

「我不願意。我不能再忍受您的存在，我也不能再和你住在同一個屋簷下。我要和先前那次一樣離開。」她堅決地表態。

「妳恐怕並非一個人離開吧！」他冷笑著，「和前一次一樣也是兩個人離開，是嗎？……季詠，是他吧？」

「我已經趕走他了。」

「那麼……是和其他人。有另一個在等妳的人，我確定。妳的眼睛不停在尋找，妳的耳朵不停在聆聽。那麼，現在……」

門廳傳來開門和關門的聲音，有人進來了。

「妳聽，我說了什麼？」布雷卡斯大聲嚷道，浮上一個蹩腳的微笑，「我確定妳在期待……某人的到來。不，歐蕾麗，沒有人會來，季詠不會，其他人也不會。那是瓦倫泰，我派他去內政部取信，因爲今天下午我不進辦公室。」

僕人的腳步聲漸漸朝二樓走來，瓦倫泰穿過接待室，走了進去。

「你已經辦好我的事了，瓦倫泰？」

「是的，先生。」

「有信件和要簽署的文件嗎？」

「沒有，先生。」

「這就奇怪了。信件呢？」

「信件被交到馬雷卡爾先生那兒了。」

「馬雷卡爾怎麼敢？……馬雷卡爾在辦公室嗎？」

「不，先生，他不在。他來了又走。」

「又離開了？……兩點半，是去執行公務嗎？」

「是的，先生。」

「你打探過消息嗎？」

「有的，但辦公室裡的人什麼也不知道。」

「他一個人出去的？」

「不，帶著勒邦斯、托尼、索維諾三位先生一起出去。」

「帶著勒邦斯和托尼！」布雷卡斯大叫了一聲，「那麼他一定是出去抓人！爲什麼我毫不知情，究竟發生了什麼事？」

瓦倫泰退了出去。

布雷卡斯在房間裡不安地來回走動，一邊沉思一邊自言自語：「托尼，他對馬雷卡爾忠心耿耿。勒邦斯，是馬雷卡爾的愛將。啊，所有這些人都不歸我管轄……」

五分鐘過去了，歐蕾麗焦慮地看著他。

突然，布雷卡斯走向一扇窗戶，微微拉開外面的百葉窗。他驚呼一聲，喃喃地走了回來：「他們在街道的盡頭……他們在監視。」

「誰在監視？」

「那兩個……馬雷卡爾的部屬，托尼和勒邦斯。」

「怎麼會？」她自言自語。

「這兩個人一定會出現在重要的逮捕行動。今天中午也是，馬雷卡爾也是帶著他們在這個街區裡抓了人。」

「他們在這兒嗎？」歐蕾麗問。

「在，我看到他們了。」

「馬雷卡爾也會來嗎？」

「毫無疑問！妳聽到瓦倫泰說的話了。」

「他會來……他會來……」她喃喃道。

「妳怎麼了？」布雷卡斯問著，很訝異她居然如此不安。

「沒什麼，」她竭力克制自己的情緒，「我們這是自己在嚇自己，他沒理由抓我們。」

布雷卡斯想了想。他也努力地控制著自己，隨即重複道：「確實沒有道理，我和他不過是爲了些雞毛蒜皮的小事爭吵。我去問問他們，我相信一切都會有個清楚的解釋。實際上，我想他們監視的並不是我們，而是對面那棟房子。」

歐蕾麗抬起頭。

「哪棟房子？」

「我剛剛跟妳提過的啊！今天中午十二點，有個人被逮捕了。啊，妳只要看見馬雷卡爾那副神氣活現的樣子就會知道。他十一點鐘離開辦公室，我剛好遇上了他。他興奮的臉上藏著冷酷的恨意，這點眞讓我困惑不已。一個人怎能對另一個人懷有這麼大的恨意，而他最恨的應該是我，或是我們倆。我想，危險已經悄悄來臨了……」

歐蕾麗站了起來，蒼白的臉轉爲慘白。

「你說什麼？對面有人被捕了？」

「是啊，一個叫林姆茲的人，聽說這個人熱中探險，是個探險家……叫做林姆茲男爵。下午一點，我從內政部得到消息，他剛剛被關進了拘留所。」

女孩並不知道勞爾的名字，但她毫不懷疑被抓的人就是他，她聲音顫抖地問道：

「他犯了什麼罪？這個林姆茲，他是誰？」

「馬雷卡爾說，他就是快車謀殺案的凶手，也就是我們警方一直在追捕的第三名共犯。」

歐蕾麗幾乎要摔倒在地。她看起來精神錯亂，簡直快要昏過去。她的雙手在空氣中亂揮，似乎想找個支撐點。

「歐蕾麗，妳怎麼了？妳跟這件事有什麼關聯？」

「我們完蛋了。」她悲嘆道。

「妳這話什麼意思？」

「您不會懂的……」

「告訴我。妳認識這個男人嗎？」

「是的……是的……他救過我，他從馬雷卡爾手中救過我，也從季詠那兒救過我，並且從來過家裡的那個若多手裡救過我……原本，他今天還會救我們。」

他驚訝地看著她。

「妳在等的人就是他？」

「是的，」她腦袋一片混亂地說著，「他答應過我會來。我感到很安心，因爲我看到他做了這麼多事……他還嘲笑馬雷卡爾……」

「那是爲了？……」布雷卡斯問道。

「那是爲了，」她失魂落魄地答道，「想好好地保護我們……您和我，有人好像想挖掘出您的事情，一些從前的事……」

「妳瘋了！」布雷卡斯心緒不安地說著，「根本沒有什麼過去的事……我……我沒有什麼好害怕的。」

儘管布雷卡斯加以否認，他仍將歐蕾麗從房裡硬拉到樓梯間，準備離開。但她反抗道：「否認和逃跑有什麼用呢？我們會得救，他會來救我們的。他會逃出來的，我們爲什麼不等他？」

「他不可能從拘留所逃出來。」

「眞的嗎？啊，上帝啊，這一切是多麼可怕！」

她不知道該怎麼做。有些可怕的念頭開始在她逐漸康復的腦袋裡盤旋著——對馬雷卡爾的恐懼、對正逼近自己的逮捕，啊，那個邪惡的警探很快就會衝進來銬住她的手腕。

繼父的驚懼不安終於讓她下定決心。女孩飛快地衝回房間，很快便拎著行李箱下樓來。布雷卡斯也已準備妥當，他們看起來像兩個只能瘋狂逃亡的罪犯。他們走下走廊，穿過門廳。

這時，門鈴響了。

「太遲了。」布雷卡斯嘆道。

「不，」她說著，突然間充滿了希望，「也許是他來了……」

她想著那個在修道院露臺上的朋友，他發過誓說絕不會拋下她，即使到了最後一秒鐘，他也會來救她。沒有什麼事能阻擋他，誰說他不是主宰著這所有的人和事？

門鈴又響了。

老僕人從餐廳走了出來。

「開門。」布雷卡斯低聲說道。

另一邊傳來竊竊私語和靴子的聲音。有人在敲門。

「去開門。」布雷卡斯又說了一遍。

僕人去開了門。

外面是馬雷卡爾和他的三名部屬，他那熟悉的身形又出現在女孩面前，她登時倚靠著樓梯的扶手，呻吟著——「啊，上帝，不是他。」她的聲音那麼細小，只有布雷卡斯聽到了。

面對自己的部屬，布雷卡斯凜然站起身來。

「您想幹什麼，先生？你是不被允許來這兒的。」

「主任先生，我這是執行公務，是部長的命令。」馬雷卡爾笑著答道。

「這命令和我有關？」

「和您，以及那位小姐有關。」

「是誰要你帶這三個人來的？」

「當然沒有！他們……他們只是偶然散步到這裡，準備一起過來聊聊。我想這應該不至於會讓您不快……」馬雷卡爾繼續一派輕鬆地笑道。

馬雷卡爾大搖大擺地走進屋子，看到地上放著兩只行李箱。

「喲，喲，原來你們要出門旅行。看來再晚一分鐘到，我的任務就要失敗了……」

「馬雷卡爾先生，」布雷卡斯堅決地說，「如果你有任務要辦，有話要對我說，就在這兒馬上解決吧。」

警探彎下身，正色地小聲說道：「布雷卡斯，我勸你不要引起轟動，不要做蠢事。現在還沒有人知道這件事，甚至連我的人也還不知道。我們去你的書房談吧。」

「先生，你說什麼事還沒有人知道……」

「是之前發生的事，這些事頗爲嚴重。如果您的繼女沒跟你提過，那麼讓她在沒有第三者的場合提出解釋會比較妥當。小姐，您以爲呢？」

歐蕾麗面如死灰，靠在欄杆上一動也不動，看起來就快暈倒了。

布雷卡斯扶住她，說道：「上樓吧！」

她任由他拉著，馬雷卡爾也趁機讓部屬們進屋裡來。

「你們三個都待在門廳這裡，別妄動，不要讓任何人出去或進來！老人，您就待在廚房裡不要出來。如果樓上發生爭吵，一聽到我的哨聲，索維諾你就趕緊來救援。大家都清楚了嗎？」

「好的。」勒邦斯答道。

「沒有什麼問題吧？」

「沒有，老大。您知道的，我們可不是菜鳥，而且我們對您忠心耿耿。」

「即使是對付布雷卡斯？」

「那當然。」

「啊，對了，那個瓶子……托尼，把它給我！」

馬雷卡爾飛快地抓起裝有瓶子的紙盒，一切已安排妥當。他走上樓梯，從容地走進書房。僅僅六個月前，他才曾經屈辱地被布雷卡斯從這個房間趕出去。現在，此時此刻對他而言是多大的勝利！他感到驕傲極了，他慎重地大步走著，鞋跟在地板上發出清脆的聲響。他出神地注視著牆上一張張歐蕾麗的肖像畫，還是孩子的歐蕾麗，小女孩，年輕的少女……

* * *

布雷卡斯激烈地反抗著馬雷卡爾，但警探輕輕鬆鬆就反駁了他：「沒用的，布雷卡斯。您瞧，你的弱點在於根本就不知道我掌握了什麼對付小姐和你的武器。一旦知道，也許就會知道這情勢讓你不得不屈服。」

這兩個敵人面對面站著，以眼神相互威脅。他們對彼此懷有仇恨，是事業上的對立、性格上的不合，情敵身分尤其進一步加劇了這種恨意。歐蕾麗端坐在一旁的椅子上，她在等待著什麼……

讓馬雷卡爾感到吃驚的是，她竟然恢復了鎮定，不像方才一見面時看起來那麼疲倦，神情緊繃。他曾在聖瑪麗修道院露臺的石凳上，見過這堅毅的神情——她杏目圓睜，淚水從她蒼白的臉頰滑落，眼睛卻眨也不眨。她在想什麼？在毀滅的邊緣，有時人們反倒變得堅強。她以爲馬雷卡爾會對她手下留情？她自有逃脫審判和懲罰的辦法？

馬雷卡爾一拳砸在桌上。

「我們走著瞧！」

他先把女孩晾在一邊，全力對付布雷卡斯。他緊逼著他，令布雷卡斯不由得往後退了一步，馬雷卡爾繼續說著：

「事情很簡單。事實，就是事實罷了，布雷卡斯，其中一些你已經知道了，因爲這些事早已眾所皆知。但其他一些事卻只有我知道，也就是說只有我目擊了這些實情。不要試圖否認，我會簡單地照實說出。根據案件的筆錄，事情是這樣的——四月二十六日……」

布雷卡斯不由得全身戰慄。

「四月二十六日，也就是我們在歐斯曼大道相遇的那天。是的，也就是您的繼女離家出走那天。」馬雷卡爾直接了當又加了一句：「也就是那三個人在快車上被殺害的同一天。」

「什麼？這有什麼關聯？」布雷卡斯目瞪口呆地問道。

警探朝他比劃了個手勢，要他耐心聽下去。馬雷卡爾將所有事件按照發生時間敘述：

「四月二十六日，這列快車的第五節車廂有四名乘客，在第一個隔間裡有個英國女子，她是貝克菲爾小姐，是個跨國竊賊；還有林姆茲男爵，自稱探險家。在車廂盡頭隔間的是兩個男人，他們是魯布兄弟，住在塞納河邊的納伊市。

「而前一節車廂，也就是第四節車廂，除了一些與案件毫無關係的人，還坐了一名國際警探、一個年輕男子、一個年輕女子。這對年輕男女待在其中一個座位隔間裡，關了燈，放下遮簾，就像熟睡的旅客，沒有什麼異樣，這位警探自然沒察覺到什麼。這個警探就是我，我是在跟蹤貝克菲爾小姐。而那個年輕男子就是季詠・安西弗爾，證券經紀人兼強盜，他經常出入府上，他和同伴當晚正偷偷地逃跑。」

「您說謊，這一切並非實情！」布雷卡斯憤怒地大叫，不滿馬雷卡爾懷疑著歐蕾麗。

「我可沒說那位同伴就是房間裡的這位小姐。」馬雷卡爾迅速反擊。

馬雷卡爾冷靜地繼續說道：

「火車直到拉赫雪，一切平安無事。半個小時後還是一切正常。接著，悲劇便突然上演。這對年輕男女從黑暗中悄悄溜了出來，從第四節車廂走到第五節車廂。他們喬裝了自己——身穿灰色罩衫，頭戴鴨舌帽和面罩。在第五節車廂前端的座位隔間裡，林姆茲男爵正在那兒等著他們。他們三個一起搶劫並殺害了貝克菲爾小姐。接著，年輕男女故意綑綁住林姆茲男爵，隨後跑到車廂末端的隔間殺害並搶劫了那對兄弟。但他們在返回時撞見了查票員，便與他打鬥了起來，最終他們還是順利逃脫。查票員則發現被綁住的受害者林姆茲男爵，他聲稱自己也被搶了。這就是第一幕悲劇。第二幕是公路和樹林中的逃亡。我警覺到有事發生，並且有人跑來告訴了我。我立刻做了必要的安排。結果是——那兩個亡命之徒被我們包圍了，但其中一個逃掉，另一個則被抓住關了起來。我得到消息前去查看，發現被囚困在黑暗中的殺人犯竟然是個女人。」

布雷卡斯一點一點地往後退，像個喝醉的人，重心開始變得不穩。他跌進扶手椅裡，緊緊地往椅背靠。他含糊不清地喃喃自語：

「你瘋了，你說的這一切毫無邏輯！你一定是瘋了……」

馬雷卡爾毫不受影響地繼續說道：「後來，我遭到致命的一擊。我低估了這個僞男爵，是他救走了那個女囚犯，並與季詠・安西弗爾會合。我在蒙地卡羅發現了他們的蹤跡，卻只是浪費時間，一無所獲。直到有一天，我想回巴黎來看看您的調查進展是否更加順利，您是否已經找到織女的藏身之處……於是不久後，我便比您早了幾個小時去到聖瑪麗修道院，來到這位小姐和情人約會的露臺。只是，她的情人已經不再是季詠・安西弗爾，而是林姆茲男爵，也就是那第三個共犯。」

布雷卡斯恐懼地聽著這所有駭人聽聞的指控，一切聽起來是那麼眞實，似乎不容否認。它們合理解釋了他的直覺，同時也與歐蕾麗向他吐露的那位不知名救星的情況完全相符，於是他不再試圖反駁。布雷卡斯時不時望向少女，只見她一言不發，僵硬挺直地坐著。她彷彿並沒聽到這些指控，完全不爲所動。她也許在聽外面的聲音吧，而不是馬雷卡爾說的這些話，她還在期待那個不可能出現的人來救她？

「然後呢？」布雷卡斯問道。

「然後，由於他，她又一次成功地逃脫。我得向你承認，我今天實在很想大聲地笑，因爲……」此時，馬雷卡爾刻意壓低聲音，「因爲我要報仇。布雷卡斯，我說過要報復，您還記得嗎？六個月前，你像趕走廢物那樣趕我走，甚至可以說是把我踹走。這回讓我抓住她了，這個小妞，她完了。」

馬雷卡爾像拿鑰匙鎖門那樣，用力轉動著自己的拳頭，動作是那麼精準，絲毫不掩他對歐蕾麗的可怕報復念頭。

「不、不，馬雷卡爾，這不是眞的。可不是嗎，你不會那麼殘忍交出這孩子的……」布雷卡斯大聲嚷道。

「在聖瑪麗，」馬雷卡爾冷酷無情地說，「我給過她機會，她卻拒絕了我……她活該，時到今日一切都太遲了。」

布雷卡斯走向他，伸出手向他哀求，馬雷卡爾直接無禮地打斷這請求：

「沒有用的。她活該，你們都活該！她不想要我，那麼她什麼人都無法擁有，這才公平。她得爲自己犯下的罪行還債，向我還債，爲她造成我的痛苦還債。她必須接受懲罰，我要以懲罰她進行報復。她活該！」

馬雷卡爾氣得跺腳，用拳頭砸著桌子，以強調他這所有的詛咒。他開始暴露粗魯的本性，咬牙切齒地辱罵歐蕾麗。

「布雷卡斯，你看看她！她，她這副樣子是一心想乞求我的寬恕嗎？如果你對我低頭，她也會卑躬屈膝嗎？你知道她爲什麼一言不發嗎？她這毫不肯求饒、自我克制的力量是來自哪裡？布雷卡斯，我告訴你，這是因爲她還在期待！是的，我確定，她還在等從我手中救過她三次的那個人，來救她第四次。」

歐蕾麗仍然不爲所動。

突然，他抓起話筒，撥通警察總局的號碼。

「喂，警察總局嗎？我要和菲利普先生通話，我是馬雷卡爾。」

他轉身看著女孩，把話筒放到她耳邊。

歐蕾麗還是一動也不動。

電話的另一端，有個聲音回答了。對話很簡短。

「是你嗎，菲利普？」

「馬雷卡爾？」

「是的，你聽我說。我想跟自己人確認一件事，請簡短直接地回答我。」

「說吧。」

「今天中午十二點的時候，你人在哪兒？」

「在拘留所，是你要求我待在那兒。我接收了一個勒邦斯和托尼從你那兒帶來的人犯。」

「我們是從哪裡抓到他的？」

「在他固爾塞街的公寓，正好在布雷卡斯先生宅邸對面。」

「你監禁了他嗎？」

「他現在就在我這兒。」

「他叫什麼名字？」

「林姆茲男爵。」

「爲了什麼案件被指控？」

「他被指控爲快車凶殺案的主謀。」

「今天中午過後，你還見過他嗎？」

「是，剛才我在體檢處還見過他。他人還在那兒。」

「謝謝你，菲利普，我想知道的就這些，再見。」

馬雷卡爾掛上了話筒，大聲說道：

「噢，我美麗的歐蕾麗，他在那兒呢。妳的救星，被關進了監牢，被囚禁了！」

「我知道。」女孩鎮定地回答。

警探大笑起來。

「她知道，但她還在等。啊，多麼可笑。這個人已經被警方關了起來，準備面臨法律的審判！她在等的是個泡沫般的幻影——難道監獄的牆會突然倒塌，獄警會爲他找來一部車逃脫？哎呀，他來了，他會從天花板穿過煙囪進來。」

他已經得意忘形地無法自制，猛烈地搖著女孩的肩膀。但她依然無動於衷，心不在焉。

「歐蕾麗，一切都無濟於事，沒有希望了。妳的救星已經完蛋，那位僞男爵已經被關起來了。而一個小時之後，妳也會被關進去。我的美人，妳的頭髮會被剪掉，關進聖拉薩監獄，上重罪法庭受審。啊，小妞，我已經爲妳那雙漂亮的眼睛流了夠多的眼淚，現在輪到它們了……」

他話還沒說完，背後的布雷卡斯便站了起來，發了狂似地出於本能緊緊勒住馬雷卡爾的脖子。從馬雷卡爾拿手碰觸女孩肩膀的第一秒鐘起，他就悄悄溜到他身邊，伺機反抗這莫大的侮辱。馬雷卡爾被這股憤怒的力量撲倒，兩個人登時在地板上扭打起來。

打鬥非常激烈，他們身上都帶著因仇恨對立而爆發的狂怒。然而，馬雷卡爾更加強壯、更加魁梧，而布雷卡斯則在盛怒瘋狂的驅使下開啓戰鬥，兩人勝負難分。

歐蕾麗恐懼地看著他們，這兩個都是她的敵人，都同樣面目可憎。

最後，馬雷卡爾擺脫了布雷卡斯的糾纏，掙脫了那雙致命的手，然後開始摸索自己的口袋，想拔出身上配戴的白朗寧手槍。布雷卡斯再度擰住他的手臂，馬雷卡爾則抓住自己掛在錶帶上的哨子。一聲尖銳的哨音在房子裡迴響開來。布雷卡斯再次掐住對手的喉嚨，並加重了力道。門被撞開了。一個身影衝了過來，朝兩個扭打在地的人奔去。很快地，馬雷卡爾被救了起來，一把左輪手槍抵住了布雷卡斯的腦袋。

「做得太漂亮了，索維諾！」馬雷卡爾得意地大喊道，「你絕對該爲此受到嘉獎，我親愛的朋友。」

馬雷卡爾怒火中燒，卑劣地往布雷卡斯臉上吐了一口唾沫。

「混蛋！惡棍！你還以爲自己能這麼輕易逃脫？你馬上就得下臺，部長已經簽署了文件，我已經把它帶來了，你只需要簽字。」

警探在布雷卡斯面前炫耀著那份文件。

「你的辭職信和歐蕾麗的供詞我早已經提前寫好了，你和歐蕾麗只需要簽字。小姐，妳看——『我承認，我在四月二十六日參與了快車謀殺案，是我殺了魯布兄弟，我認罪。』總之趕快把整件事做個了結吧，沒必要看了，簽上妳的名字，不要浪費時間。」

他用鋼筆蘸了蘸墨水，強行將筆塞入她的指間。她一點一點堅定地挪開警探的手，自己拿起筆，毫不掃看一眼，便如馬雷卡爾所願簽下自己的名字。然後她放下紙筆，手連抖都沒抖。

「啊！」他欣慰地嘆了一口氣，「已經完成啦！我沒想到會這麼快。做得好，歐蕾麗，妳終於肯面對現實了。那你呢，布雷卡斯？」

他搖搖頭，加以拒絕。

「唉！什麼？先生，你拒絕？我說，這位先生還以爲他仍然在自己的官位上呢？可能還在想著高升呢！一個殺人犯的繼父可以得到晉升？啊，她太棒了，您的女兒！你還以爲可以繼續對我發號施令，對我馬雷卡爾？不，你太可笑了，我的朋友。你以爲這樁醜聞還不足以讓你身敗名裂嗎？明天，只要人們在報紙上讀到這個小妞被逮捕的消息，你就不得不……」

布雷卡斯的手已經握住馬雷卡爾遞上的鋼筆。他看了一遍辭職信，還是猶豫了。

「簽吧，先生。」歐蕾麗對他說。

他簽了。

「好了，」馬雷卡爾一邊愉快地說，一邊把兩份文件都放入口袋。「供詞和辭職信都簽字了。我的上司下臺了，有個官位空了出來，它是屬於我的！就讓這個小妞鋃鐺入獄吧，她的下場會日漸治癒一直咬噬著我的愛情的。」

馬雷卡爾厚顏無恥地說著這些話，毫不掩飾展現出他靈魂深處的醜陋，接著又殘酷地笑道：「布雷卡斯，一切還沒完。我可不會放棄，我會一直幹到底。」

「你還想怎樣？這麼做對你有什麼好處？」布雷卡斯苦笑道。

「布雷卡斯，還沒完呢！這小妞犯下的罪，太完美了。但你以爲一切到此爲止嗎？」

他邪惡地望進了布雷卡斯的眼底。

布雷卡斯喃喃地說：「你到底還想怎麼樣？」

「你知道我想說什麼，如果你不知道，如果這一切不是眞的，你就不會簽字，你不可能接受我用這種語氣跟你說話。你的屈服就是最好的證明……布雷卡斯，我之所以敢對你這麼大不敬，正是因爲你心懷恐懼。」

「我……我沒什麼好害怕的。我願意承擔，這不幸的孩子在發狂時犯下過錯的所有懲罰。」布雷卡斯立刻反駁。

「那麼你自己做錯的事該由誰承擔，布雷卡斯？」

「我沒有犯什麼罪。」

「除了那個小妞犯的罪，還有你過去做的事。」馬雷卡爾低啞地說著，「今天的罪行暫且到此爲止，那麼以前的罪行呢，布雷卡斯？」

「以前的罪行……什麼意思？」

馬雷卡爾手上握有絕對證據，他自信地以拳頭敲擊著桌子，強調他即將揭發一切。

「解釋？應該是我要求你解釋吧。不久前的某個禮拜天上午，你去塞納河邊做什麼？你爲什麼要跟蹤一個揹著布袋的人？啊，要不要我提醒你，這棟別墅正好歸你繼女殺害的那兩兄弟所有，而那個叫做若多的正是我目前在追查的人。若多，可是這兩兄弟的合作夥伴哪，我以前曾在這個家見過他。哎，這一切果眞是環環相扣，我模糊地感覺到這所有詭計之間的關聯……」

「荒謬……愚蠢的假設！」布雷卡斯聳了聳肩，嘟噥道。

「假設？是的，在我來這兒之前，我一直不停地這麼想。可是當我像條獵狗般嗅到你言談舉止中混雜著尷尬、沉默和恐懼時，假設便一點一滴地被證實了。布雷卡斯，我現在已經完全確定，是的，你和我之間的戰鬥，你是不可能逃得了的。我有件不容置疑的證據，一封口供，布雷卡斯，你不得不承認，很快你就得……」

馬雷卡爾拿起放在壁爐上的紙盒，把繩子解開，裡面有個以稻草編成、用來保護玻璃瓶的匣子。馬雷卡爾從中抽出了玻璃瓶，放在布雷卡斯面前。

「拿去吧，兄弟。你認得它，對吧？你從若多先生那兒搶來的東西就是它，而我又從你那兒偷走了這個瓶子，但另一個人又從我這兒把它奪走。這個人是誰呢？當然是林姆茲男爵，我很快便在他家裡找到了這個瓶子。啊，你能想像我有多高興嗎？這瓶子眞是個寶藏。布雷卡斯，這瓶子的標籤寫著某種水——青春之水的配方。布雷卡斯，仔細瞧瞧，林姆茲還替這個瓶子加了個蓋子，用紅蠟密封住，裡面有張小紙條。你想從若多那兒拿回來的就是這個，這很可能是某種供詞，是你親筆所寫、將使你身敗名裂的紙條。啊，我可憐的布雷卡斯……」

馬雷卡爾獲勝了。他粗魯地扯掉封蠟，打開瓶子，還時不時一邊說話一邊感嘆：

「我馬雷卡爾將會享譽世界，是他逮捕了快車謀殺案的凶手，還揭露了布雷卡斯醜陋的過去！啊，這是重罪調查史上多麼戲劇性的一幕。索維諾，你給那小妞扣上手銬，叫勒邦斯和托尼上來。啊，我的勝利，偉大的勝利……」

說著，他把瓶子倒放，有張紙條掉了出來。他打開它，激昂地高聲讀著上面的內容，像個衝向終點前猛力最後一躍的賽跑選手，完全沒留意到上面寫了什麼便大聲唸了出來：

「馬雷卡爾是個蠢蛋。」

chapter 10 蠢蛋一個

這句誰任都沒料想到的句子讓所有人呆住了，沉默，在整個房間蔓延開來。馬雷卡爾目瞪口呆地待在原地，像個腹部遭受致命一擊而功虧一簣的拳擊手。被索維諾用槍抵住頭的布雷卡斯，也顯得十分困惑。

突然，房間裡爆出一聲歡笑，激動、抑制不住的大笑，笑聲立刻在沉悶的房間裡歡快地迴盪起來。是歐蕾麗。警探狼狽的臉孔，令她不合時宜、不顧優雅地突然發笑，尤其「馬雷卡爾是個蠢蛋」這個滑稽的句子，竟是由受到嘲弄的當事人自己親口喊出，更令她笑到連眼睛都流出淚來。

馬雷卡爾看著她，絲毫不掩自己眼底的憂慮。無論如何，女孩怎能在這麼可怕的情況下笑出聲來呢？她在他面前激動得快要窒息，一副她的救星已經到來似的模樣？

情況沒什麼改變吧？難道該認爲原本受他馬雷卡爾掌控的局面，發生了扭轉或什麼變化？

女孩的突然大笑，很可能和今天這場戰鬥開始以來她那異常冷靜的態度之間，存在著某種連結。她在期待什麼？整件事的過程理應使她大受打擊才對，但她卻撐下來了，難道這其中有股什麼力量令她安心得心神無可動搖？

所有這一切還眞是令人厭惡，讓他隱隱感覺到自己正掉進一個精心設計的陷阱裡，而且裡頭充滿了危險。但危險從何而來？他又沒有任何疏漏，怎麼可能被人偷襲呢？

「如果布雷卡斯動一下，他就完了……到時候，給他一槍。」他對索維諾命令道。

接著，馬雷卡爾走到門口，把門打開。

「樓下沒什麼情況吧？」

「什麼？」

「托尼？……勒邦斯？……沒有人進來吧？」他俯在樓梯欄杆上問著。

「沒有。老大，上面出事了嗎？」

「不，沒事……」

馬雷卡爾越來越感到心煩意亂，他飛快地走回書房。布雷卡斯、索維諾和女孩都在原地沒有動……唯獨有件詭異得令人難以置信的瘋狂舉動，不由自主讓他站在門邊動彈不得——索維諾的嘴上竟叼著一根還沒點著的菸，而他正注視著他，似乎想向自己借火！

這噩夢般的一幕，與現實形成的反差竟如此之大，以至於馬雷卡爾一開始根本拿以接收這幅畫面所傳達的訊息。索維諾想抽菸並向他借火？他將爲自己的荒唐、不敬舉動受到懲罰。

爲什麼要疑神疑鬼呢？但是索維諾的臉上卻一點一滴開始浮現嘲諷的微笑，笑意裡明顯帶有不該出現的狡黠與坦率，這讓馬雷卡爾察覺到了異樣。索維諾，部屬索維諾在他腦中開始慢慢消失，變成一副新的面孔，他不再是警探，相反地他已投入敵營。索維諾，難道是……

如果是平常的案子遇上類似的荒謬至極情況，馬雷卡爾可能還會掙扎著求證一下。但這回牽涉到他稱之爲「快車男」的那個男人時，即使是最不可能發生的事看來都已經無可挽回地發生了。儘管馬雷卡爾內心深處並不願承認或屈從於這可憎的現實，但事實這麼明顯怎麼躲？怎麼不去理會？索維諾，部長在八天前力薦給他的優秀警探，卻是那個在今天中午被他逮捕的可怕人物，他現在應該在拘留所，不是嗎？

「托尼！」警探再次跑出房間，大聲吼道，「見鬼了，托尼、勒邦斯，快上來！」

馬雷卡爾大聲地叫嚷怒罵著，他坐立不安。他拍打著，不自主地敲擊著樓梯，活像隻被困在玻璃窗內的蜜蜂。

他的人很快就上來與他會合，馬雷卡爾這會兒竟結結巴巴地說：「索維諾……你們知道索維諾是誰嗎？他就是今天中午被逮的那個傢伙，是房子對面的那個傢伙。他越獄了，還喬裝成……」

托尼和勒邦斯感到震驚不已。他們的老大瘋了！

接著，他將兩人推進房間，自己也掏出一把手槍：「舉起手來，強盜，舉起手！勒邦斯，你也瞄準他！」

但這位索維諾先生卻不慌不忙地將一面小鏡子放到桌上，開始卸起妝來，他甚至把幾分鐘前用來威脅布雷卡斯的白朗寧手槍給擱在一旁。

馬雷卡爾衝了過去，抓起桌上的槍立刻後退幾步，惡狠狠地握緊雙槍瞄準他。

「舉起手，否則我開槍了！你聽到了嗎，混蛋？」

那個「混蛋」不爲所動。面對一把在三公尺外瞄準他的白朗寧，他繼續扯掉幾根勾畫出臉頰輪廓的鬍鬚，拉掉讓眉毛顯得特別濃密的毛髮。

「我開槍了、開槍了！你聽到了嗎，無賴？我數到三就會開槍！一……二……三……」

「魯道夫，你這是在做傻事。」索維諾低聲地說。

馬雷卡爾已經失去理智，他真的做了傻事。他握著雙槍胡亂掃射，朝著壁爐、油畫愚蠢地掃射著，像個嗜血的凶手在仍斷續抽動的屍體上以匕首瘋狂地亂刺。布雷卡斯彎著腰躲避他的連發射擊。歐蕾麗也完全不敢動彈。既然她的救星沒護住自己，而是任由馬雷卡爾開槍，那麼就沒有什麼好害怕的。她對他完全信任，她幾乎又要笑出聲來。

索維諾沾染少許油脂擦了擦臉，去掉了臉上的紅棕色毛髮。勞爾漸漸露出了他的眞面目。

總共響了六聲巨響。煙霧噴射不斷，碎玻璃、大理石碎片、被打成蜂窩的油畫……整間書房活像遭到了襲擊。馬雷卡爾為自己的發狂感到羞愧，他極力抑制，並對兩個部屬說：

「到樓梯間等我。只要我一叫你們就上來。」

「老大，您看，索維諾已經不是那個索維諾了，」勒邦斯暗示道，「也許我們應該把這個突然冒出來的怪人逮回去。自從您上個禮拜雇用他開始，我就看他不順眼。不如我們三個一起抓了他，如何？」

「好了，聽我的吩咐就是。」馬雷卡爾命令道。因為他知道，即使三對一也未必能制伏得了那個傢伙。

他將他們趕出門外，並關上了門。

索維諾已經變身完畢，他將外套翻了過來，整理他的領結，站起身來。他完全變了一個人。剛才那個虛弱可鄙的警探搖身一變成了一名衣冠楚楚、年輕優雅的精壯男子，馬雷卡爾的心又蒙上了揮之不去的煩擾。

「您好，小姐。」勞爾十分有禮地說，「我能向您介紹一下自己嗎？我是林姆茲男爵，探險家……一個禮拜前，成了警探。妳打從一開始就認出了我，對吧？是的，我猜到了，在樓下，在門廳那兒。小姐，儘管妳一直努力保持沉默，但還是忍不住笑出聲來。啊，您剛才的笑聲眞好聽，這就是賜予我的最大獎勵！」

「先生，我願為您效勞。」他隨即又向布雷卡斯致意。

然後，他轉向馬雷卡爾，口氣愉悅地對他說：「您好，我的老朋友。啊，你還沒認出我來。現在你還在想我怎麼會變成索維諾，是嗎？萬能的上帝啊，還眞有人相信索維諾的存在，還以爲他是警界的大人物！我親愛的魯道夫，根本沒有索維諾這個人，是有人向內政部長吹噓他的才幹，我這是透過部長夫人的介紹才成了你的夥伴。因此十天前我就開始爲你效勞了，也就是說，是我把你帶往正確的方向，替你找到林姆茲男爵的住處，在今天中午逮捕了我自己，更在那兒幫你找到預先藏好的奇妙瓶子，而它可是眞眞實實宣布了一個眞相——『馬雷卡爾是個蠢蛋』。」

警探並未爆發地衝上前去掐住勞爾的喉嚨，他竭力克制住自己。

勞爾繼續以戲謔的玩笑語氣，像馬鞭一樣抽打著馬雷卡爾，這掌控全局的說話方式令歐蕾麗很有安全感：

「魯道夫，爲什麼你的心情看起來不大好？我能做些什麼取悅你？我在這兒而不是在監獄裡，這點讓你非常煩惱嗎？你是不是在想，爲什麼我能一邊以林姆茲的身分被逮捕，一邊又化身爲索維諾幫你辦事？孩子，你瞧瞧，你這大警探還眞笨拙啊！但我的老朋友魯道夫，這一切再簡單不過呢——你們闖入我的房子是我事先安排好的，我付了很大一筆錢讓某個長相與我有些神似的人假扮成林姆茲男爵，並要他接受今天在他身上可能發生的所有不幸。而在我的老奶媽帶領下，你立刻像頭公牛般撲向他，而我索維諾則以領巾迅速蒙住他的頭，把他帶到了拘留所！

「結果就是，你認爲除掉了可怕的林姆茲，便全然放心地來逮捕這位小姐，而假如我仍是自由之身，你是絕對不敢這麼做的。但你必得這麼做。你聽著，魯道夫，你必須得做。我們四個人之間必得上演這一幕。一切必須各歸各位，這樣我們就不會重蹈覆轍。現在所有的一切都明白了，不是嗎？我們終於可以再次自由呼吸，從這麼多的噩夢解放！你也是吧，想到十分鐘後那位小姐和我，我們都將會重獲尊重，這是件多麼令人愉快的美事啊！」

儘管受到揶揄挖苦，馬雷卡爾還是重新找回了自己的冷靜。他想表現得和敵人一樣冷靜，他趁人不注意一把抓起了話筒。

「喂……請接警察總局。喂，總局嗎？我找菲利普先生。喂……是你嗎，菲利普？啊，你們已經發現抓錯人了？是，我也已經得知，你不會相信的……聽著，你帶兩個警探和一些人手，快來布雷卡斯宅邸。直接按門鈴，清楚了嗎，一秒鐘也別耽擱。」

馬雷卡爾掛上電話，看著勞爾。

「你太早亮出底牌了，小子，」馬雷卡爾說，輪到他嘲笑勞爾，他顯然對自己的新態勢感到非常滿意，「你的計畫失敗了，而你也知道我將如何回敬你。樓梯間有勒邦斯和托尼，這裡有我馬雷卡爾和一個什麼都幫不上忙的布雷卡斯。如果你還幻想要拯救歐蕾麗，這便是我們的第一次正式交鋒。而且再過二十分鐘，警察總局會有三名優秀警探來到，這些人對付你還足夠吧？」

勞爾故作嚴肅，準備了一些火柴要用來插進書桌邊緣的溝槽。他將七根火柴排成直線，一根一根放入，然後又拿出一根單獨放在遠處。

「天哪！」勞爾佯作擔憂地說著，「七對一。這的確有點勢單力薄，你說該怎麼辦呢？」

話音剛落，他膽怯地將手伸向電話。

「我可以打個電話嗎？」

馬雷卡爾並未加以阻止，只是盯著他的一舉一動。

勞爾拿起話筒：「喂……小姐，請接愛麗榭宮，號碼是二二二三……喂，是總統嗎？總統先生，請緊急調撥一支軍隊給馬雷卡爾先生……」

馬雷卡爾憤怒地從勞爾手中奪過話筒。

「別再發蠢了！我想你來這兒，不是爲了來開玩笑吧。你的目的是什麼？你想得到什麼？」

勞爾比劃了一個道歉的手勢。

「你還眞沒幽默感，從來都不懂得玩笑的奧義。」

「說吧。」警探正色要求道。

「求求您……」歐蕾麗也哀求道。

「小姐，您在害怕警方這些傢伙嗎？所以要我留點後路，好吧，妳說得對，馬雷卡爾我們就來談談吧。」勞爾笑著說。

接著，他轉而嚴肅地說道：

「馬雷卡爾，既然你堅持，那我們就談談吧。也對，說話即是行動，沒有什麼比言語更能說明眞相。我之所以能掌控這個局面，是出於一些神祕的原因；而爲了取得決定性的勝利，並說服你，我就得把實情說出來。」

「什麼實情？」

「實情就是——這位小姐是完全清白的。」勞爾直接了當地說。

「噢……噢……」警探冷笑道，「你是說她沒有殺人？」

「沒有。」

「那麼……也許該說你也沒有殺人？」

「我也沒有。」

「那是誰殺了人？」

「我倆以外的其他人。」

「胡扯！」

「那是事實，馬雷卡爾，這樁案件自始至終你都弄錯了。我再重複一遍當時在蒙地卡羅對你說過的話——我幾乎不認識這位小姐。我在博庫爾火車站救她之前，只在歐斯曼大道的咖啡館見過她一面。直到之後在聖瑪麗修道院，我才和她有過幾次會面，但即使是那幾次，她也總是避免談及快車凶案，而我也從來沒問過她。幸好我夠頑強夠努力，也幸好我相信自己身上那有如推理般堅實可靠的直覺——我要說，這樁凶案的確與她無關，從她純潔的臉上，我們看不到任何罪惡。」

馬雷卡爾只是聳聳肩，並沒有反駁。就連他也十分好奇，這個怪人會怎麼解析這些事件。他看了看錶，笑了。他的手下菲利普和警局的伙伴們就快到了。

布雷卡斯沒聽懂他們究竟在說些什麼，只是一臉茫然地看著勞爾。但歐蕾麗突然變得惶惶不安起來，她的視線從未離開過勞爾。

勞爾開始敘述著，還不知不覺複製了馬雷卡爾用過的語句：「四月二十六日，這列快車的第五節車廂有四名乘客，在第一個隔間裡有個英國女子，她是貝克菲爾小姐……」

但他隨即突然停住，思考幾秒鐘後，下定決心似地改口說道：「不，事情不是這樣開始的，得再往前追溯到源頭，才能完整呈現這個案子的樣貌。其中某些細節我還不清楚。但我所知道的，和我能肯定推測出的片段足以釐清一切，足以瞭解事情的來龍去脈。」

「大約在十八年前，馬雷卡爾，我想特別強調這個數字。嗯……十八年前，也就是故事發生當年，在瑟堡這個港口城市，有四個年輕人經常在咖啡館裡碰面，一個名叫布雷卡斯，他是海事警察局的祕書；一個叫雅克・安西弗爾，一個叫魯布，以及一個叫做若多的先生。但他們之間的友誼不見得有多深厚，也沒維持太久。後來，雅克、魯布、若多三人結夥犯了罪，受到了法律追究，而唯一未涉入其中的那位，也就是布雷卡斯，因公家職務的關係使他不能再與他們來往。很快地，布雷卡斯就結婚並移居到巴黎。

「他與一個寡婦結了婚，是小女孩歐蕾麗・達司德的母親。而孩子的外祖父、也就是布雷卡斯的岳父，艾堤恩・達司德先生是個住在外省的老人，他是個終其一生都夢想尋寶、挖掘大筆寶藏的冒險家，有好幾次他都與巨大的財富祕密擦身而過，而且就差那麼一點點。就在他女兒嫁給布雷卡斯不久前，他認爲自己發現了一個神奇的祕密，至少他在信件中是這麼對女兒聲稱的。某天，爲了向女兒證明這個祕密，他要她瞞著布雷卡斯帶著小歐蕾麗與自己會合。不幸的是，布雷卡斯知道了這次祕密旅行，而且並非像小姐您以爲的那樣是在事後才知曉，您的繼父幾乎是馬上就得知此事。

「布雷卡斯因此詢問了女孩的母親，但由於這位女士對自己的父親發過誓，於是對重要資訊三緘其口，並拒絕透露他們究竟去了哪裡。但她確實向布雷卡斯承認——艾堤恩・達司德在某處埋藏了一座寶藏。那麼究竟埋在哪兒？爲何不立刻就享用那筆財富？後來，財富祕密的存在令這對夫妻之間的關係變了樣。布雷卡斯日復一日地發火，他糾纏艾堤恩・達司德，詢問那個不會回答他的小女孩，虐待並威脅自己的妻子，總而言之，這一家人的生活從沒平靜過。

「然而接連的兩個事件將他推向了憤怒的頂點。他的妻子患肋膜炎去世了，並且得知岳父達司德身患重病，時日無多。這令布雷卡斯難以忍受。如果岳父不說出那個祕密，它是否將會永遠埋藏下去？如果岳父將寶藏遺留給小歐蕾麗當做『成年禮』（有封信中這樣寫道），情況又將會如何？他布雷卡斯什麼都得不到？他所推測的巨大財富將與他失之交臂？於是他下定決心，無論付出什麼代價、用什麼手段，他都要得到這個祕密。

「他偶然想到了一個可怕的辦法。在他負責追查的一起盜竊案裡，他抓到了當年在瑟堡的三個老朋友若多、魯布和安西弗爾。寶藏的祕密是如此深深誘惑著布雷卡斯，於是他順從了貪婪之心，將一切告訴了這幾個人。這夥人一拍即合，三名無賴馬上被釋放。三人很快趕赴老人臨終前居住的那個普羅旺斯小村莊，軟硬兼施地想從老人那兒得到一些有用的線索。但他們的陰謀失敗了——老人在深夜裡遭到三個強盜包圍，被要求回答問題，被他們虐待，最後一句話也沒說就去世了，而三個凶手也逃跑。布雷卡斯主導了這次的犯罪，卻未從中得到任何好處。」

勞爾頓了頓，看向布雷卡斯。只見他一言不發，難道他不準備反駁這些聽似無中生有的指控嗎？他默認了嗎？但也可能所有這一切他都不在乎了，可怕的過去被人提起又如何，都不及他現下的煩憂。歐蕾麗也細細聆聽著，她雙手捂著臉，沒表露出任何感受。馬雷卡爾則慢慢地站起身，十分驚訝勞爾竟在他面前揭露了這麼重要的犯罪，令宿敵布雷卡斯在他面前束手待斃。他又看了一眼手銬。

勞爾繼續往下說：「布雷卡斯雖然未從這次的犯罪獲得任何好處，後果卻非常嚴重，下場並不小於倘若他真接受法律制裁。首先是，其中一個共犯雅克·安西弗爾十分害怕，他逃到美洲去。出發前，他將一切都告訴了妻子，妻子因此去找布雷卡斯，迫使他在一張聲明了『對於將艾堤恩·達司德虐待致死的罪行，他布雷卡斯負有全責，其他三人是無辜的』紙上簽字，否則她就會立即揭發他。布雷卡斯十分害怕，愚蠢地簽了字。紙條交回到若多的手裡，他和魯布一起將紙條封存在一只瓶子裡，那玻璃瓶是他們在艾堤恩·達司德的長枕下找到，不經意保存下來的。從那之後，他們知道將可隨心所欲地威脅布雷卡斯。」

「他們留著那紙條，畢竟他們都是腦袋聰明的年輕人，當然盡可能想敲詐到更多利益。於是放任布雷卡斯在公部門一直往上爬，實際上他們只有一個目的，那就是要找到布雷卡斯提過的那個寶藏。但那時布雷卡斯對寶藏仍一無所知。沒人知道……沒有人，除了那位曾經到過現場的小女孩，她的心裡一直堅守著保守祕密的約定。因此，他們不得不耐心等待並監視著她。直到她被布雷卡斯從囚禁寄宿的修道院返家，他們便決定展開行動……

「因此，兩年前她剛回到巴黎的第二天，布雷卡斯便收到若多和魯布的便條，他們告訴他，將完全聽命於他，願爲他尋找那個寶藏。但他得讓那個小妞說出祕密，否則……對布雷卡斯而言，這簡直是晴天霹靂。事情已經過了十二年，他非常希望那樁犯罪已被完全掩埋。實際上，他早已不再對寶藏感興趣，因爲它讓他想起那樁令人害怕的罪行，以及令他不堪回首的時期。所有卑鄙行徑都從黑暗中走了出來！以前的犯罪夥伴突然出現了！若多一直不停地糾纏他，其他人也是。怎麼辦？

「沒有討價還價的餘地。不管他願不願意，他都必須服從，他不得不折磨繼女，強迫她說出那個祕密。他下定了決心，而且得到這祕密令自己變得富有的欲望也再度驅使著他，重新占據了他的腦袋。從那之後，沒有一天的日子不是在盤問、爭吵、威脅中度過。可憐的女孩被圍困在她的腦袋和回憶深處。在這扇已經關上的門後，這孩子完全被封閉在零散的畫面和影像中，但門的另一邊布雷卡斯卻仍在奮力地叩叩作響。她想愉快地活下去，但他讓她沒法好好地活著。她想玩樂，有時候當然也有一些娛樂可以找找朋友，演出歌劇與歌唱……但只要一回家，就是每分每秒的折磨。

「除了被盤問祕密的折磨，還有一些十分卑鄙無恥的事，讓我幾乎作嘔地說不出口——那就是布雷卡斯對她的愛情。我們不談這個了。馬雷卡爾，這事你早就知道。從你第一次見到歐蕾麗・達司德開始，你和布雷卡斯之間就充滿情敵較量的絕對仇恨。

「就是這樣，逃跑在她看來慢慢變成唯一可能的活路。她的計畫得到了一個人的鼓勵，這個人就連布雷卡斯也得讓他三分，那是季詠，是瑟堡另一名同伴的兒子，雅克・安西弗爾的妻子將他藏了起來，讓季詠一直在黑暗中扮演他的角色。此人頭腦非常機靈，絲毫未引起別人的懷疑。他從他母親那兒得知，只要歐蕾麗・達司德眞心愛上某個人，她就能自由地將寶藏祕密告訴她所選擇的未婚夫，因此他幻想著她會愛上他，並積極地想要幫助她。他將她帶往南部，他肯定地告訴她，他要去那裡工作。

「到了四月二十六日。聽清楚了，馬雷卡爾，那場悲劇中的人物在這一天的處境，以及事情是怎麼發展的。首先，那位小姐就要逃出牢籠，她對即將到來的自由感到非常開心。在最後一天，她同意和繼父一起去歐斯曼大道的咖啡館喝茶。在那兒，她卻偶然遇見了你，大吵大鬧起來，於是布雷卡斯把她帶回家。接著她從家裡逃跑，在火車站與季詠・安西弗爾會合。

「那時，季詠正同時進行著兩件事。他一邊勾引歐蕾麗，另一方面則在知名大盜貝克菲爾小姐的指使下，計畫著要到尼斯行竊。但這個不幸的英國女子，卻在悲劇中無辜受牽連而死。最後則是若多和魯布兄弟。這三個人的行動非常機敏，季詠和他的母親並不知道他們又出現了，而且暗中與他們競爭。這三個人跟蹤季詠的所有行動，他們知道所有的計畫，於是四月二十六日他們也上了火車；他們是這麼計畫的——綁架歐蕾麗，無論用什麼手段都要逼迫她說出祕密。事情顯然是這樣，可不是嗎？

「現在，我們來看看這些人在那列火車上的位置分布。第五節車廂：前端，貝克菲爾小姐和林姆茲男爵；末端，歐蕾麗和季詠、安西弗爾……你聽懂了吧，馬雷卡爾。在車廂的末端，坐的是歐蕾麗和季詠，而不是我們一直認為的魯布兄弟。那兩兄弟和若多的座位在其他車廂，他們在第四節車廂，就在你乘坐的那個車廂，他們小心翼翼地藏身在座位隔間的遮簾後面，你明白嗎？」

「是。」馬雷卡爾小聲地說道。

「事情沒有出現什麼異樣！列車飛奔而去，兩個小時過去了，它在拉赫雪火車站停靠後又再次出發。就在此時，第四節車廂的那三個歹徒，也就是若多和魯布兄弟，他們從昏暗的座位隔間走了出來。他們頭戴面罩和鴨舌帽，身穿灰色罩衫，偷偷溜進了第五節車廂。很快地，他們立刻看見左側有兩個熟睡的身影，一位先生和一位金髮小姐。若多和魯布兄弟中的哥哥撲向他們，弟弟則在旁把風。那位男爵被擊昏並被繩子綁住。英國女子則奮力反抗，若多用力掐住她的喉嚨，才驚覺他們認錯了人——這不是歐蕾麗，而是個陌生的金髮女子。這時，弟弟走了過來，將他們帶到車廂的盡頭，眞正的季詠和歐蕾麗在那兒。但形勢發生了變化。季詠聽到聲音，早已提高警覺。他手握左輪手槍，戰鬥一觸即發。兩聲槍響之後，魯布兩兄弟倒下，若多逃跑了。

「事情就是這樣，對吧，馬雷卡爾？一開始，你和我、法官、所有的人全都弄錯了，因爲我們只從表象來判斷事情，而且下意識地跟著一項思考邏輯走——一旦有凶案發生，死的人一定是好人，而逃跑的則是壞人。我們沒想過也許情況正好相反，發動攻擊的人很可能被殺，而受到攻擊的人則安然逃脫。季詠怎麼可能不立刻逃跑？如果他不立即決定，等待他的就是自取滅亡。

「季詠是個竊犯，他從事的勾當絕不能見光。只要一經調查，他的可疑底細就會曝光。他會接受警方的質詢？這就太笨了。當時，補救方法伸手可及。他沒有猶豫，催促著他的同伴，向她分析這件凶案無疑將引起極大關注，而這對她和對布雷卡斯都會是醜聞。面對著兩具屍體，面對眼前發生的一切，歐蕾麗的腦子一片混亂，驚嚇過度使她失了魂，使她任由季詠的擺布。季詠強行替她穿上那死去弟弟的罩衫，並戴上頭罩；他自己也做了同樣的喬裝打扮。於是他拖著她，拿走了行李，沒有留下任何東西。他們沿著走道逃跑，撞上了查票員，之後便從火車上跳了下去。

「一個小時後，經過恐怖的樹林追捕，歐蕾麗被逮到並關了起來，她被扔到無情的敵人馬雷卡爾面前，她完蛋了。然後，戲劇性的發展是——輪到我出場。」

雖然這樁凶案犯罪的眞相沉重得令人喘不過氣，雖然歐蕾麗又再次因那個受詛咒的夜晚而痛苦啜泣，但還是阻止不了勞爾這個角色紳士般地出場。他站起身，踱步至門口，又理所當然地走回來坐下，他滿心沉醉在自己的介入將帶來何等強有力震盪的情境裡。

「因此，我出場了。」勞爾帶著滿意的微笑又重複了一遍，「而且出場的正是時候，我很確定。馬雷卡爾，相信你一定非常樂意看見，在這群流氓和傻瓜的烏合之眾中出現一個正直的人，儘管他對事件仍一無所知，卻立刻以無辜受害者的守護人姿態出現，只因那位小姐擁有一雙翡翠般的眼睛。總之，他擁有堅定的意願、洞悉一切的目光、樂於助人的雙手、一顆寬厚的心！這就是林姆茲男爵。打從他出現開始，事情一件件都順利獲得解決。就這樣，事情持續在聰明人的腦袋裡打開迷霧重結，而最終將在歡笑聲和幸福中收場。」

勞爾又在房裡轉了一圈。接著，他俯身對女孩說：「爲什麼要哭呢，歐蕾麗，既然所有這些卑鄙下流的事情都結束了，既然馬雷卡爾已經知道您是無辜的？不要哭，歐蕾麗。我永遠都會在最關鍵的一刻到來，這是我的習慣而且從不缺席。在博庫爾的那天晚上，妳應該就已了明白這一點，不是嗎——馬雷卡爾將妳關起來，我救出了妳。兩天後在尼斯，若多擄走妳，也是我救了妳。在蒙地卡羅，在聖瑪麗，我也從馬雷卡爾手中救出了妳。甚至就在剛才，我不也在這兒嗎？那麼，妳何須害怕呢？一切都結束了，我們只要在警方還沒將房子包圍之前從容離開就行了。不是嗎，魯道夫？你不會阻攔我們吧，這位小姐已經自由了，對吧？你對這個可滿足你尊重司法和個人高尚情操的結局，感到高興嗎？來吧，歐蕾麗！」

女孩膽怯地向勞爾走去，她有預感這場戰鬥還沒結束。果然，不僅馬雷卡爾冷酷地擋在門前，就連布雷卡斯也加入了他，這兩個男人出於共同的利益，準備聯手對抗這個獲勝的敵人……

chapter 11

最美的容顏

勞爾一步步地朝門口走去，完全無視於布雷卡斯，僅平靜地對警探說：

「生命的樣貌在我們看來之所以複雜，是因爲情況總是出乎意料，且我們很習慣從片面而有限的線索去建構主觀印象。這樁快車凶案也是如此。它像個離奇的故事，事情一件件出於意外愚蠢地發生了，活像一串被點燃、卻未按照擺放順序爆裂的鞭炮。不過，只要頭腦夠清晰就能將這些事件一一擺回原位，一切都會再度符合邏輯，變得簡單、協調，有如一整頁條條有序的故事。馬雷卡爾，我剛剛說的就是這一整頁故事，現在你已經知道這個案子純屬意外，你也知道了歐蕾麗・達司德是無辜的。放她走！」

馬雷卡爾聳了聳肩。

「不。」

「不要固執了，馬雷卡爾。你看，我可沒和你開玩笑，也沒有嘲諷你。我只是要求你認清你的錯誤。」

「我的錯誤？」

「當然，既然她沒有殺人，既然她根本不是凶手，就代表她只是個受害者。」

警探冷笑道：「如果她沒殺人爲什麼要逃跑？季詠？我承認這個人一定會逃。但她？她逃了能有什麼好處？而且爲什麼打從那晚開始，她什麼話都不肯說？除了哀求『我要見法官，我願意對他說出眞相……』之外，便絕口不吐一字。」

「馬雷卡爾，這個問題問得很好。」勞爾承認地說，「你這個反對意見非常合理，因爲我也常常爲她的沉默感到困惑，即使是面對我，她也一直堅守著這執拗的沉默。實情是，這舉動救了她，在我的調查過程中，有項供詞有力地佐證了這一點——無論我怎麼提問，她依然不肯吐露一個字，於是我在這棟房子裡下定了決心，我希望她原諒我趁她生病時翻查她的抽屜，但我必得這麼做。馬雷卡爾，看一下她母親臨死前留下的遺訓，是關於布雷卡斯的——『歐蕾麗，不管發生什麼，也不管妳繼父做了些什麼，絕對不要起訴他。一定要維護他的聲譽，即使將因此深受折磨，即使他是個罪犯，畢竟我冠著他的姓氏啊！』」

馬雷卡爾反駁道：

「但她根本不知道布雷卡斯的罪行！就算她知道，那件罪行與快車凶案也沒有關聯。布雷卡斯不可能被牽扯在內！」

「他的確被牽扯在內。」

「被誰？」

「若多。」

「誰能證明？」

「季詠的母親告訴了我這個祕密，我在巴黎找到了寡婦安西弗爾的住所，我花了一大筆讓她寫下一份從過去到現在她所知一切的情況聲明。他的兒子向她坦承，快車的座位隔間裡，在這位小姐的面前，那兩兄弟被殺了，若多的面罩被抓了下來，若多揮著拳頭威脅道：『歐蕾麗，如果妳敢將這件事洩露一個字，如果妳把我供出來，如果我被抓了，我就招認了我從前的罪行，因爲布雷卡斯就是殺了妳外公的主謀。』正是這個從快車上到尼斯莊園不斷接收到的威脅，令歐蕾麗感到很混亂，並迫使她沉默。我說的情況千眞萬確嗎，小姐？」

她喃喃道：「確實是如此。」

「馬雷卡爾，你看吧，你的反駁不成立。受害者保持了沉默，儘管她的沉默使你生疑，相反地，這卻是對她十分有利的證據。我再次請求你放她走。」

「不！」馬雷卡爾氣得跳腳說道。

「為什麼？」

馬雷卡爾的憤怒突然爆發。

「因為我要報復，我要引起轟動。我要讓所有人都知道她與季詠私奔，然後被捕，就連布雷卡斯的罪行也得公諸於世。我想讓她活得不名譽，感到羞恥。她拒絕了我的愛，就得付出代價！布雷卡斯也是！感謝你如此愚蠢天真地告訴我，所有這些我還不知道的細節。我會抓住布雷卡斯和這個小妞，啊，她比我想像得還要更美好……還有若多！安西弗爾母子！對，所有的強盜，一個都逃不掉，歐蕾麗也是其中之一。」

馬雷卡爾怒火中燒地發著狂，自信地以他那高大的身軀堵在門前，樓梯間則有勒邦斯和托尼正在待命。

勞爾拿起桌上那張寫著「馬雷卡爾是個蠢蛋」的小紙條，故意好整以暇地將它打開，遞給警探：「喏，拿去，我的老朋友，去裱個框吧。」

「好啊，你儘管奚落我吧，」馬雷卡爾大聲喊道，「反正你也逃不出我的手掌心！啊，你從一開始就在嘲弄我，用那根香菸——『請借點火』。借火是吧，我會借你火的，你給我去牢裡抽一輩子菸吧！是的，你從那裡逃出來，很快你又會再進去。我再重複一遍，你會進監獄的。別以為你有能耐對抗我，那只是因為當時我沒識破你的偽裝！你以為我還不知道你是誰，以為我沒有足夠的證據揭穿你嗎？歐蕾麗，你看看他，你的情人，如果你想知道他是誰，只要想想那個騙子之王，那個最紳士模樣的小偷，他還自稱林姆茲男爵，什麼僞貴族和僞探險家，他不是其他人，他就是……」

馬雷卡爾的話被打斷了，樓下有人按門鈴。想必是菲利普和另外兩名警探。一定是他們。

馬雷卡爾搓搓手，深吸一口氣。

「我想你已經完蛋了，羅蘋……你覺得呢？」

勞爾望著歐蕾麗。看來羅蘋這個名字並未使她感到驚訝，她只是焦慮地聽著外面的聲音。

「可憐的碧眼少女，」他說，「看來您還沒完全信任我。那個叫做菲利普的人有什麼可怕的，能讓妳這麼不安？」

他微微打開窗戶，朝樓下人行道上其中一個人說道：

「警察總局來的那個叫做菲利普的人呢？我要和帶你們（見鬼，菲利普帶了三個人！）來的那位老兄說兩句話。你們認不出我了嗎？我是林姆茲男爵。快點！馬雷卡爾在等你們。」

勞爾關上窗戶。

「馬雷卡爾，你的救兵已經到了。一邊四個，一邊三個，噢，我沒把布雷卡斯算進去，反正他好像不太感興趣。一共是七個人，其中三個蓄鬍子的會一起上前把我堵住，噢，我好害怕，害怕得發抖，就連小姐也一起抖。」

歐蕾麗克制自己別爆笑出來，只好在口中嘟噥一些模糊難辨的音節。

馬雷卡爾在樓梯間等著。門廳的門被打開了。樓梯上傳來急促的腳步聲。很快地，馬雷卡爾的身邊聚集了六個手下，活像一群準備撲向獵物的飢渴獵犬。他低聲地下了命令，接著洋洋得意回到了房間。

「別做無謂的抗爭，男爵！」

「哪有什麼抗爭可言，我的侯爵。要我對付七個中看不中用的傢伙，眞不光采。」

「那麼你跟我走吧？」

「直到世界的盡頭。」

「無條件嗎？」

「不是，有個條件——給我東西吃。」

「這沒問題，麵包、狗食和水就夠了吧。」馬雷卡爾嘲諷地說道。

「不是。」勞爾說。

「不然你要什麼？」

「和你吃的一樣啊，魯道夫。人家想要——香堤利的奶油夾心烤蛋白、蘭姆鬆糕，還有產自阿利坎特的葡萄酒。」

「你說什麼？」馬雷卡爾驚訝地問道，語氣裡透著一絲不安。

「這沒什麼難的。你只要邀我去您府上喝茶，我自然很樂意接受這些款待。你今天下午五點沒有約會嗎？」

「約會……」馬雷卡爾尷尬地說。

「是啊，你想起來了嗎？在你家，更確切地說，是在你的小公寓裡，杜普蘭街上的一棟小寓所……你不是每天下午都在屋前，擺滿淋上阿利坎特葡萄酒的奶油夾心烤蛋白，接待那個女人嗎？她是你的……」

「住口！」馬雷卡爾臉色慘白地低吼。

他像隻戰敗的狗，蔫了殺氣，再也沒有心情開玩笑。

「你爲什麼不讓我繼續說呢？」勞爾故作天眞地問道，「什麼，你不想邀請我？你不想把我介紹給……」

「住口，該死的！」馬雷卡爾重複著。

他走向自己的手下，把菲利普單獨叫到一邊。

「菲利普，你先等一會兒，在一切結束之前我還有幾件事要解決。把你的人帶遠一點，不要讓他們聽到房間裡的談話。」

馬雷卡爾再次關上門，走向勞爾，惡狠狠地瞪著他，並一邊提防著布雷卡斯和歐蕾麗。只聽他放低聲音說道：「你說這些話是什麼意思？你想怎樣？」

「我說了什麼嗎？」

「爲什麼要提這些事？你……你是怎麼知道的？」

「你那小公寓，還有你那好朋友的名字？你太小看我了吧，我只需要拿出調查布雷卡斯他那些無賴同夥的方法，就能輕鬆查到這些事。我對你的私生活進行了祕密調查，線索領著我來到一處祕密場所，那兒布置得非常舒適，是你用來接待那些漂亮夫人的場所。噢，昏暗的房間裡擺著香水、鮮花、甜酒，還有活像墳墓的長沙發……天啊，這就是馬雷卡爾的癖好！」

「那怎麼樣呢？」警探避重就輕地說著，「這難道不是我的自由嗎？這件事和逮捕你有什麼關係？」

「蠢蛋，如果不是你粗心大意犯下那個嚴重失誤，一切當然沒有任何關聯。但你壞在不該將這些夫人寫給你的信，藏在你自詡爲情聖的根據地。」

「你說謊！你說謊！」

「如果我眞的在說謊，你又怎麼會臉色發白。」

「給我說清楚點！」

「房間的壁櫥裡有個保險箱，箱內藏著一個珠寶匣，匣子裡裝著女人寫給你的一些漂亮信件，還用彩色緞帶打結綁著呢。這些信一旦公開，可是會影響到二十幾名上流社會女性和女演員的名譽，信中充滿她們對帥氣馬雷卡爾毫無保留的激情。要我列舉幾個嗎——B預審法官的妻子，X小姐，法蘭西劇院的……還有，尤其是那位風韻猶存、氣質高貴的部長夫人……」

「閉嘴，無恥之徒！」

「我看，無恥的，是那個利用自己漂亮外表贏得庇佑和晉升的人。」勞爾冷靜地說著。

驕傲的馬雷卡爾終於敗下陣來，那暗淡的身形、低垂的腦袋在房間裡轉了好幾圈，接著他又走到勞爾身邊，說道：

「你要多少？」

「多少什麼？」

「你想用這些信拿到多少錢？」

「三十個銀幣，像猶大的背叛一樣。」

「不要說蠢話。多少錢！」

「三千萬。」

馬雷卡爾躁怒地渾身發抖。

勞爾見狀笑道：「快別發火，魯道夫。我是個好男孩，而且你待我也很和善，我怎麼會用你那可笑的愛情文學向你敲詐一分一毫呢？我已經滿足了，絕不貪得無厭，這些日子以來多虧了這些信讓我好不快活。不過，我要你……」

「什麼？」

「放下武器，馬雷卡爾，再也不要糾纏歐蕾麗和布雷卡斯，甚至是若多和安西弗爾母子，他們交由我來處理吧。這整起事件從司法角度而言，從沒有真正的證據和重要線索，放棄這個案子吧──啊，它已經了結了。」

「你會把信還我嗎？」

「不會，就當做是抵押吧。我會保留它們。如果你行爲不端，我就直接公開幾封。到時，算你和那些漂亮朋友們倒楣。」

汗珠從警探的額上滾下，他大聲地說：「我已經毀了。」

「這也許是好事。」

「是，沒錯，被她給毀了。難怪我發覺這段時間以來，她一直密切注意我。原來你就是透過她輕鬆掌控了案子的調查發展，還要她丈夫把你推薦給我。」

「你想怎樣呢？」勞爾歡快地說，「這才是眞正的戰爭。你爲了戰鬥不惜使出各種骯髒手段，那我爲了保護歐蕾麗，當然得用更卑劣的手段來對你那可怕的仇恨！而且，你太天眞了，魯道夫。你以爲像我這樣的人會在這一個月裡睡大覺，什麼都不做，就這麼讓你稱心如意控制所有的事嗎？你是見識過我在博庫爾、蒙地卡羅、聖瑪麗是如何行動的，甚至剛剛也看到我將瓶子裡的紙條神奇調了包。爲什麼你還是學不會小心呢？」

勞爾得意地搖晃著馬雷卡爾的肩膀。

「來吧，馬雷卡爾，別這麼洩氣。即使輸了這一局，但你口袋裡不是已經裝著布雷卡斯的辭職信？而且你很受器重，那個位子仍是你的，這是很好的一步。馬雷卡爾，你要相信好日子就要來了，但你得小心女人，別利用她們幫你往上爬，也別利用警察形象幫你贏得芳心。如果你想那就去愛，如果你高興就做警探，但不要當一個警察情人或多情警探。總之，給你一個忠告——下次在路上萬一遇到亞森·羅蘋，趕快繞道而行。對一名警探來說，這才是最明智的。我說完了。下命令吧，再見。」

馬雷卡爾氣得直咬牙。他轉過身，手裡撚住一撮鬍子。他要退讓嗎？還是要撲向敵人，並喚來自己的人手？

「天人交戰哪！」勞爾想著，「可憐的魯道夫，掙扎有什麼用呢？」

馬雷卡爾並沒掙扎太久。他非常聰明識時務，知道再鬥下去情況只會更惡劣。他向這個自己不得不服從的男人屈服了。他叫來菲利普，交代了幾句。接著，菲利普帶著所有人手離開，勒邦斯和托尼也跟著一起走。門廳裡的門打開又關上。馬雷卡爾輸了這場戰役。

勞爾走到歐蕾麗身邊。

「一切都解決了，小姐，我們可以離開了。妳的行李箱已經在樓下，對吧？」

她彷彿從噩夢中驚醒過來，喃喃自語道：「怎麼可能！我……不用進監獄了？您……是怎麼辦到的？」

「噢！」勞爾興奮地說，「那是因爲我們善用了好心眼和推理能力，才能從馬雷卡爾那兒得到想要的一切。他是個非常優秀的男孩，小姐，不如跟他握個手吧。」

歐蕾麗並沒把手遞給馬雷卡爾，而是直接從他身邊走了過去。馬雷卡爾轉過身，背對著她，雙手撐在壁爐上，沮喪地低埋著頭。

當她走近布雷卡斯的時候，她微微猶豫了一下。但他看起來非常冷漠，像個陌生人似的，勞爾事後的確回想起這個表情。

「最後一句話。」勞爾在門口停住，「我在馬雷卡爾和您繼父面前承諾，我會帶妳到一個寧靜的地方休養，這一個月裡我絕不會出現在妳面前。一個月之後，我會前來請問妳打算如何安排自己的人生。這樣好嗎？」

「好的。」少女點點頭說道。

「那麼，我們出發吧。」

他們離開了，勞爾扶著她下樓梯。

「我的車子就在這附近。」他說，「妳有力氣整夜趕路嗎？」

「有的。」她堅定地說，「能重新獲得自由真讓我高興，真……真讓我焦慮不安。」她輕輕補上了後一句。

他們走出大門時，勞爾突然顫了一下。樓上發出一聲槍響，歐蕾麗並沒有聽到。他對她說：

「汽車在大門的右手邊，瞧，從這兒就能看到。車裡有位夫人，我曾經跟您提過的那位，她是我的奶媽。妳先走過去找她，好嗎？我再上樓說幾句話，很快下來與妳會合。」

目送女孩離開後，勞爾迅速衝上樓去。

房間裡，布雷卡斯倒臥在長沙發上，手裡握著一把槍，奄奄一息。他的僕人和馬雷卡爾正在搶救他。一股血從他嘴裡噴出，最後他抽搐了一下，再也不動了。

「我應該想到的。」勞爾喃喃低語，「他垮臺了，歐蕾麗也離他而去……啊，這可憐的惡魔，他償清了身上的債。」

勞爾隨即恢復冷靜，安排道：

「馬雷卡爾，你和僕人在這裡清理一下，打電話叫個醫生來。他還在噴血吧？這毫無疑問是自殺，肯定是。歐蕾麗現在什麼都還不知道，你就對外宣稱，她身體不適，目前住在她外省的朋友家。」

馬雷卡爾突然抓住他的手腕。

「說，你是誰？是羅蘋吧？」

「這提問眞是時候！」勞爾笑著說道，「職業病的好奇心又犯了。」隨即在警探面前站定，側身朝他冷笑道：「你說對了。」

勞爾急忙下樓去和歐蕾麗會合，老婦人讓她坐在舒適小汽車的最裡面。但出於謹愼，他仍環顧了一下四周，向老婦人問道：

「妳沒看到有可疑的人在車子附近徘徊吧？」

「沒有。」她確認道。

「妳確定嗎？妳有沒有看到一個微胖的男人，和一個手臂上吊著包巾的男人？」

「有，我看到了，的確有！他們在距離這兒頗遠的某一段人行道上來回走動。」

他迅速衝了出去，在圍繞著聖菲力浦—杜—魯勒教堂的小道上抓住了兩個人，其中一個的手臂還吊著包巾。

他抓住兩人的肩膀，高高興興地對他們說：

「瞧，瞧瞧，我們彼此都認識嘛！若多，最近好嗎？你呢，季詠・安西弗爾？」

他們轉過身來。只見若多身穿體面西裝，胸肌壯實，汗毛濃密的臉活像頭惡犬，看到勞爾，他絲毫未表現出驚訝。

「啊！是您，在尼斯碰上的那個傢伙！我猜對了，剛才陪著那個小妞的人就是你。」

「也是你在土魯茲碰見的那個傢伙。」勞爾對季詠補充說道。不等他們作出反應，勞爾馬上又說：「你們這兩個傢伙在這兒做什麼？你們在監視布雷卡斯的房子吧？」

「兩個小時前我們就在這兒了。」若多傲慢地回答，「然後馬雷卡爾來了，後來那些警探和歐蕾麗也離開，我們全都看見了。」

「然後呢？」

「然後，我猜您也很想知道那個祕密。所以你想瞞天過海，讓歐蕾麗跟你逃走，留下布雷卡斯跟馬雷卡爾搏鬥。嗯，他很可能辭職……被捕……」

「布雷卡斯剛剛自殺了。」勞爾說。

若多驚訝地跳了起來。

「啊，布雷卡斯……布雷卡斯死了！」

勞爾把他們帶往教堂。

「你們兩個，聽我說。我不希望你們介入這件事。你，若多，是你殺了達司德老先生，殺了貝克菲爾小姐，也是你致使魯布兄弟死亡，而他們可是你的朋友、合夥人及盟友哪！我應該把你交給馬雷卡爾嗎？還有你，季詠，你應該知道你母親已經把所有祕密都高價賣給了我，條件是你不會惹上麻煩，可以置身事外；為此，我給予了保證，但如果你再犯，我就不必再遵守承諾……我是不是該打斷你的另一隻手，把你交給馬雷卡爾？」

季詠十分狼狽，已經識時務地想折回。但若多還在反抗，他問道：

「很顯然，那些寶藏屬於您了？」

勞爾聳了聳肩：

「老兄，原來你還在想著寶藏！」

「我和您一樣，當然都想得到寶藏。這二十年來，我一直想得到它，我受夠了你那些妄想從我這兒奪走它的小詭計。」

「從你這兒奪走寶藏！首先，你得先知道它在哪兒吧？」

「我不知道，你不知道，布雷卡斯也不知道。但那個小妞知道。這就是為什麼……」

「你想和我平分寶藏？」勞爾笑道。

「沒必要，我一個人也能得到我的份。想妨礙我的人走著瞧，我手裡擁有的王牌比你們料想得還多。再見，我已經警告過你了。」

勞爾看著他們逃跑。此番宣告讓他非常心煩，這個貪婪預言家的葫蘆裡賣什麼藥？

「呵！」他隨即恢復了爽朗，「如果他願意跟著我的車跑四百公里，我就讓他當我的車馬隨從……」

* * *

第二天中午，歐蕾麗在一間明亮的臥室醒來，視線穿過葡萄園和花園，可以看見克萊蒙費朗市雄偉灰暗的大教堂。這座由古舊寄宿學校改建的療養院位於一處非常隱蔽的高地，女孩在此休養生息絕對安靜、整潔。

她在這兒度過了非常寧靜祥和的幾個星期，並未和任何人說話，只偶爾與勞爾的奶媽交談。她在花園裡散步，花上好幾個小時的時間發呆，目光注視著多姆山脈，而華亞山丘是那處山脈的其中一條分支。

勞爾一次也沒來探望過她。她的房間裡，隨時都有老婦人維克朵娃爲她準備的鮮花和水果，以及一些書和雜誌。勞爾則在葡萄園的蜿蜒小徑旁，那裡地勢起伏很大是最好的屏障，他默默地望著她，在心底對她傾訴他日益滋長的愛情。

他從女孩的神態和她的輕柔腳步，感受到生命力正一點一滴回到她的身體裡，就像一處枯竭的泉眼又重新湧出新鮮活泉。那些可怕的時刻、昏暗的面孔、屍體和罪惡都沒入了黑暗，陷入遺忘，取而代之的是祥和、平靜、真誠、純淨的幸福感不斷湧入，它受到最遙遠的過去，甚至是明亮未來的庇護。

「妳是幸福的，碧眼少女。」勞爾自言自語著，「幸福感，是一種心靈狀態，它能使妳愉快地活在當下。妳所承受的苦難雖然充斥著非常糟糕的回憶，但希望並不因此被苦難蒙蔽。幸福，正隱藏在日常點滴小事之中，所有小事都將一一轉化爲快樂和寧靜。」

第二十天，勞爾寄給她一封信，邀請她下個星期的某天早上開車出遊。他有重要的事要告訴她。她毫不猶豫地答應了。

約定的那天早上，她沿著一條石子小路走到馬路上，勞爾在那兒等她。她一看到他，便停下腳步，突然感到尷尬和局促，像個在某個神聖時刻裡不斷自問的女人——我將朝什麼走去，而又將走向何處。勞爾走近她，示意她不要說話。他必須告訴她一些話。

「我知道您一定會來。妳知道的，我們之所以得見面是因爲悲劇還沒有結束，有些事仍懸而未決。但那些事對妳來說無關緊要，對吧？妳已委託我全權處理安排，解決並完成，所以妳只須聽從我即可。請讓我牽著妳的手，無論發生什麼事都別再害怕。那些曾經讓妳驚慌失措的恐懼，讓妳看見地獄的恐懼已經不存在了，不是嗎？今後面對這些事，妳將浮現越來越多微笑，並且像迎接朋友那樣迎接它們。」

他向她伸出手，她任由他緊緊牽住。她想感謝他，她想告訴他，自己完全信任他……但她轉即明白這些話是多麼空泛，於是終究沉默了下來。他們散著步，穿越了溫泉療養所和古老的華亞小村莊。

教堂的鐘敲響了八點半的鐘聲。這是一個星期六，八月十五日。遠處的山脈矗立在蔚藍無痕的天空下。

他們之間一句話也沒說，但勞爾的內心卻不停呼喚：

「您瞧，妳現在已經不再討厭我了是嗎，碧眼少女？妳已經忘了我的無禮冒犯吧？我也是，我是如此尊重妳，在妳身邊，我再也不願想起那件事。來吧，笑一笑，因爲妳現在已經習慣思念我，思念妳的守護神。來，對妳的守護神微笑一下吧。」

她並沒有露出微笑，但他仍感覺到女孩傳遞而來的友善和親近。

車行不到一個小時，他們繞過多姆山，取道一條通往南部的狹窄小路，路上有無數曲折的斜坡，以及深入綠色峽谷的下坡道。接著，路越變越窄，他們開到一處杳無人煙的乾燥地帶，地形陡峭，路面鋪著熔岩石板。

「這是羅馬時期的舊道路。」勞爾解釋著，「人們還不曾在法國的其他地方發現過類似遺跡，這是某條凱撒的道路。」

女孩卻未應答。突然間，她好像發呆出了神，看起來心不在焉。

但這條陡峭的古羅馬道路實在狹窄，非常難以攀爬。石板路通往一處高原，上面有個廢棄的村莊，歐蕾麗在一根柱子上看到「日凡尼」這個名字。接著是一片樹林，穿過之後會來到一處令人心曠神怡的青翠平原。而在長滿濃密青草的路邊，又見一條筆直的古羅馬道路攀緣而上。在這石板梯道的底部，他們停下了腳步。只見歐蕾麗似乎越發陷入沉思，勞爾則一直觀察著她。

他們爬上了一級級臺階，最後來到一個圓形地帶，四周圍著一堵礫石砌成的石牆，裡頭長滿了鮮美的樹木和草地。歷經歲月風雨的無情摧折，石牆上的水泥卻完好依舊，圍牆朝左右兩邊遠遠地延伸過去。牆上有扇大門，勞爾握有大門的鑰匙，他把門打開了。路繼續往上延伸，到達頂端時，一潭凝固似了的冰湖出現在他們眼前，它就位在一塊巨型冠狀岩的凹陷處。

歐蕾麗首次開口，問了一個她一直在思考的問題：「我可以請問，您帶我來這兒，而不是去其他地方，是爲了什麼嗎？會不會只是巧合呢？」

「這裡的景色確實有些枯燥乏味。」勞爾沒有直接回答，「但卻有一種渴望，有種深具魅力的原始傷感。有人跟我說，遊客通常不會來這兒遠足。但正如妳所見，我們要乘船到處去看看。」

他帶她找到一艘用鏈條拴在木樁上的破舊小船，女孩一言不發地坐上了船。他拿起槳，慢慢地划離了湖岸。

深灰色的湖水倒映不出蔚藍的天空，雲朵灰暗的色彩變得難以辨別。船槳的尾端閃耀著水銀般的水滴，小船竟能在有如液態金屬的波浪中前進。歐蕾麗將手伸進水裡，但很快縮了回來，水冰冷得讓人很不舒服。

「噢！」她嘆了口氣。

「怎麼了？您怎麼了？」勞爾關心地問道。

「沒事……我也不知道……」

「您在擔心吧，也許是心情有點激動……」

「激動？是的……我感覺到一些令我很驚訝的影像，使我一直心不在焉。我好像……」

「您好像？」

「我不知道該怎麼說，我好像變成了另一個人，好像在我眼前的人不是你。您明白我在說什麼嗎？」

「我明白。」他微笑著說。

「別試著向我解釋。因爲我感覺到的東西令我難受，這是世界上我最不願感受到的事物。」她喃喃自語著。

高大的山壁從懸崖的谷底一點一點露了出來，形成半徑約五、六百公尺寬的半圓形缺口，這是一處狹窄航道的入口，高聳的山壁遮擋住陽光。他們從那兒划了進去。越往裡，岩石越發黝黑陰暗。歐蕭麗驚愕地注視著它們，抬眼望向它們形成的側影——蹲著的獅，笨重的壁爐，巨大的雕像，還有動物造型的簷槽出水口。

當他們划到這條不可思議的懸崖長廊中段時，突然聽見遠處傳來一陣模糊的喧譁聲，是從他們約莫一小時前離開的地方，同一條路傳來的。

那是教堂的鐘聲，且伴隨著鐘樓的叮噹聲——戰亂時代的歌曲正跳躍著快樂的音符，大教堂裡管風琴顫動的低音栓，正低吟著隆隆的聖曲。

少女感到有些暈眩，她清楚知道這份混亂意味著什麼。那正是遙遠過去的聲音，代表著她盡一切努力不敢或忘的神祕過去，而此刻卻正在她身體裡、在她四周迴盪著。聲音撞擊在花崗岩和舊火山熔岩共冶的岩壁上，從一塊岩石跳躍到另一塊岩石，從雕像跳到簷槽，從堅硬的水流表面滑下，直升上岩縫，穿透蔚藍的天空，又像泡沫般的粉末墜入岩洞深處，然後這跳躍的回聲又轉往另一處閃爍著耀眼日光的狹道出口離去。

「上帝啊！我的主，您究竟是誰？」

她在這片不可思議的奇蹟面前呆住了。她從未洩露母親和外祖父託付給她的祕密，那是自小便一直珍藏在她記憶深處、虔誠保存的寶藏。按照母親的命令，她只能告訴她愛的人。她感覺得到在這個令人心慌意亂的男人面前，她是如此薄弱，他能讀懂她的內心深處。

「我沒有弄錯吧？就是這裡，對嗎？」勞爾輕輕地說著，少女的完全信任深深打動了他，令他欣喜萬分。

「就是這裡，」歐蕾麗低語道，「我們已經走在前往那兒的正確道路上。我慢慢回憶起曾經看過的景象……馬路、樹木、石板路，以及這個湖、這些岩石、這冰冷湖水的顏色；噢，尤其是鐘聲……就和那時候一樣，它們在相同的地點前來與我們會合，就像當時和母親、外祖父和還是小女孩的我會合那樣。而等會兒當我們從黑暗中出去之後，會進入湖的另一個部分，啊，也是在這同樣的陽光下……」

女孩抬起頭看著。是另一個湖，更小，四周景致卻更雄偉，展現在他們面前的是陡峭無比的懸崖，如此原始，全然遺世獨立。

記憶一點一點地甦醒了。她輕柔地向勞爾講述著所有的一切，就像在對一個朋友吐露內心的祕密。她眼裡含淚說著——有個幸福的小女孩，她無憂無慮地在一片色彩斑斕、奇形怪狀的景色裡玩耍，沒想到，她竟有機會再次注視著它們。

「是您將我帶入了妳的生命旅程，」勞爾溫柔地說著，「我很高興，妳能靠著自己的記憶找回那些被壓抑的情感。」

女孩接著說：「我的母親就坐在您現在的位置那兒，外祖父坐在你的對面。我抱著媽媽的手臂。你看，那棵單獨長在裂縫中的樹，它以前就在這兒了；還有那些陽光灑下的斑點，也在這塊岩石上閃動著……啊，所有的記憶都回來了。但前面已經沒有路了，這裡是湖的盡頭。這個湖呈長條狀且彎曲，就像牛角麵包那樣；然後我們會在湖的盡頭看到一片很小的沙灘。瞧，就是那兒，左邊有兩道從懸崖上瀉下的瀑布。接著，你會看到沙子，它們像雲母那樣閃閃發亮，然後很快我們就會看到一個石洞……是的，我肯定。在這個石洞的入口……」

「在石洞的入口？」

「會有一個人在等我們，一個蓄著灰色長鬍子的怪人，身穿棕色的羊毛罩衫……我們可以從這兒看見他，他就站在那兒，身材非常高大。難道……」

「我想，我們會見到他的。」勞爾肯定地說，「只不過我還真有點意外，已經快十二點了，我和他約好了正午十二點碰面。」

chapter 12 水面上升

他們在一個小沙灘著陸，沙灘上的沙子在陽光下閃耀著雲母般的光澤。左右兩邊的峭壁相交，形成了一個尖角，在它底下有個小山洞，山洞上方則有突出的板岩蓋頂。

蓋頂下，放著一張小桌子，上面鋪著桌布，盤子裡放著一些乳製品和水果。其中一個盤子擺了一張名片大小的卡片，上面寫著——「歐蕾麗，達倫塞侯爵在此向您問好，在下是您外祖父達司德的朋友。我很快就會回來，在此爲無法當面歡迎您到來，向您致歉。」

「他在等我來嗎？」歐蕾麗問。

「是的。」勞爾回答道，「四天前，我和他談了很久，和他約好今天中午把您帶過來。」

她繞著山洞四周掃視了一圈。有個油畫架倚靠在牆上，畫架放在一塊大木板底下，木板上滿滿放著畫夾、塑模、顏料盒以及一些衣物。角落裡有一張吊床，還有一座以兩塊大石頭堆成的簡易壁爐，應該是經常使用，因爲石壁都被燻黑了；壁爐有根通向岩石裂縫的管子，就像一般壁爐的導管那樣。

「他住在這兒嗎？」歐蕾麗問道。

「他經常住在這兒，尤其是在這個季節，其他時間則住在我們剛剛見到的那個日凡尼村莊。但儘管如此，由於您已故外祖父的緣故，他還是每天都會來這裡。他是個古怪的老人，非常有教養、藝術涵養極佳（儘管他的畫作是那麼糟糕）。他像隱士般過著獨居生活，打獵、砍樹、牧羊，還分送食物給當地的窮人。他已經在這兒等妳十五年了，歐蕾麗。」

「他是在等我成年。」

「是的，他這是爲了遵守對朋友的約定。關於這個約定的內容，我詢問過他，但他只願意告訴您。我告訴他，這陣子發生在妳身上的事。我答應他，要帶妳來，他便把鑰匙借給了我。他非常高興能再見到妳。」

「那麼，他爲什麼不在呢？」

達倫塞侯爵的缺席越來越讓勞爾感到狐疑，儘管實在沒什麼好擔憂的。無論如何，他一點也不想讓女孩操心。在如此奇特的情況下以及如此特別的環境中，他開開心心、全心全意地享用他們一起共進的第一餐。

他總是小心翼翼地控制著自己的溫柔，不讓她察覺任何的冒犯，他感覺到她在他身邊已完全放鬆了警戒。她應該已經明白，他不再是那個一開始時她極力掙脫的敵人，而是個全心全意爲她著想的朋友。他已經救過她那麼多次！她總是期待著他的出現，將自己的生命寄託在這個陌生人身上，她的幸福建立在這個男人的意志上！

她低聲地傾訴著：「我要感謝您，但我不知道該怎麼做。我虧欠您太多，永遠也償還不了。」

他對她說：「微笑，碧眼少女，看著我。」

她笑著望向他。

「您已經還清了。」勞爾說。

兩點三刻，鐘樓的音樂再次響起，大教堂裡管風琴低音栓所發出的隆隆聲，在懸崖中迴盪著。

「這其實不奇怪。」勞爾解釋道，「這種現象在此地非常有名。當風從東北往南吹，也就是說往克萊蒙費朗吹時，當地的聲音會形成一股極大的氣流，將所有喧譁聲經由山壁間的通道帶到湖面上。這是毋庸置疑的自然現象。克萊蒙費朗所有教堂的鐘聲和大教堂管風琴的隆隆聲一定會傳到這兒來，就像現在一樣……」

她搖了搖頭。

「不，並非如此。我不同意您的解釋。」

「您有另外的解釋？」

「眞正的解釋。」

「是什麼呢？」

「我堅定地相信，是您將鐘聲帶來了我這兒，爲了讓我回憶起童年的所有影像。」

「我有那麼無所不能！」

「您確實無所不能。」她確信地說。

「那麼我也能洞悉一切囉！」勞爾開始開起玩笑，「十五年前，也是在這兒，妳睡著了。」

「您怎麼知道？」

「妳的眼底充滿睡意，因爲妳又重回十五年前的生活了。」

女孩一點也不排拒這股睡意，她躺到了吊床上。

勞爾在洞口張望了一會兒。看了看錶，開始煩躁起來。三點一刻，達倫塞侯爵還沒有來。

「但……」他憤怒地自言自語著，「但……這沒什麼大不了的。」

不，他知道一定出了什麼問題，在這樣的情況底下，所有的變數全都至關重要。

他回到洞裡，看著女孩在他的保護下熟睡，他想和她說話，感謝她對他的信任。但他不能，不斷籠罩在心頭的擔憂占據著他。

他穿過小沙灘，注意到放在沙灘上的小船已經飄離河岸兩、三公尺之遠，他用木杆緊緊將它抓了回來。接著，他發現了第二件事，這艘小船剛剛在遊湖時不過滲進了幾公分高的水，現在水位的高度卻達三、四十公分。

他好不容易才將它拉回岸邊。

「好傢伙！」他想，「我們遇到的是什麼怪事！」

這可不是什麼容易把人誆騙過去的普通漏水，而是由於一整塊腐壞木板的緣故——有人在最近將這爛木板貼了上去，而且只用四顆釘子固定。

這是誰幹的？勞爾首先想到了達倫塞侯爵。但這個老人這麼做目的是什麼？自己有什麼理由懷疑，一個等了少女十五年的老人竟打算在此重新聚首之際加害她？

然而，勞爾想到了一個問題——當達倫塞沒有船可用時，他是從哪兒進入這裡的？因此，沙灘上應該有通往外面的道路，只是被這兩道突出的懸崖遮擋住？

勞爾到處查找著聯外道路。左邊不可能有出口，兩道噴湧而出的水流只能更增地形上的阻隔。但在右邊，懸崖底部浸入湖邊沙灘的邊緣，仔細看會發現壁面鑿有二十多級臺階，往上爬即見旁邊有條小路向上延伸，這是天然形成的斷層，但突出的部分極窄，得手腳並用牢牢攀住岩石的突起。

勞爾踩著身側一塊突出的岩石往上爬。他得緊緊扣牢輔助的鐵鉤以防從隙間掉落。他艱難地爬上一個平臺，確認了這條小道確實能繞過湖泊通向狹道出口。凹凸不平的岩石四周長滿了蒼翠的植物，遠處有兩個牧羊人正將羊群趕往那處爲高牆所圍繞的寬闊草地。但還是不見達倫塞侯爵的高大身影。

歷經一個小時的探險，勞爾從原路返回。然而當他循原路回到懸崖底部時，發現水位已經上升，最底下的幾級臺階已經被淹沒。他不得不跳了下去。

「奇怪了……」他神情憂慮地喃喃道。

歐蕾麗應該也聽到了動靜。她跑到他面前，驚嚇地呆住了。

「怎麼了？」勞爾問。

「水……」她大聲說道，「水位漲高了！剛才它比這低得多，對吧？一定是這樣……」

「的確。」

「這是爲什麼呢？」

「很自然的現象，就像剛剛提過的鐘樓現象一樣。」他竭力想開點玩笑，「湖水受到潮汐規律影響，就如妳所知道的，會漲潮和退潮。」

「漲潮什麼時候結束呢？」

「一、兩個小時之後。」

「也就是說，湖水會淹掉大半個山洞？」

「是的，的確會如此。這花崗岩上的黑色標記，就是會到達的最高水位。」

勞爾的聲音變得有些低啞。在這個最高水位的標示上，還有一條直達洞頂的標記。這條標高意味著什麼呢？他是否該認爲在某些時候，水會淹沒整個山洞？是由什麼樣的特殊現象，什麼樣的異常洪水造成的呢？

「不、不，」他的身體不由得緊繃，「這些假設都太荒謬了！我們是遇上了千年一見的大洪水，所以才有如此劇烈的漲退潮波動嗎？我無法相信這種異想天開。這可能只是偶然，只是一個短暫現象……」

若眞是如此，這種短暫現象究竟是什麼原因所導致？

勞爾不由得推理了起來。他想到達倫塞的莫名失蹤。他思考著達倫塞的失蹤，和現在潛伏不明的危險之間是否有關聯。他想著那艘被破壞的小船。

「您怎麼了？」歐蕾麗問道，「您看起來心不在焉。」

「相信我，」他說，「我想我們在這兒是浪費時間。您外祖父的朋友不會來了，我們去見他吧。去他日凡尼的家與他會面也很不錯。」

「但怎麼出去呢？小船看起來已經不能用了。」

「懸崖的右邊有一條路，但對女孩子來說非常難走，您得接受我的幫助，讓我抱妳過去。」

「我爲什麼不能步行過去呢？」

「爲什麼要讓妳的衣服也弄濕呢？」他說，「我一個人走進水裡就夠了。」

他沒有多想便提出了這個想法。但他察覺她臉紅了，想到在博庫爾路上時那樣被他抱著的情景，對她而言應該難以接受。

他們之間的氣氛變得沉默，一時間非常尷尬。

接著，少女將手伸向湖邊，喃喃地說：

「不、不，我無法忍受如此冰冷的湖水。」

她走回山洞，勞爾也跟著進去。一刻鐘過去了，在勞爾看來是如此漫長。

「我請求妳，」他說，「我們趕緊走吧，情況變得危險了。」

她同意了，他們離開了山洞。但當她摟住他的脖子時，突然有什麼東西從他們身邊呼嘯而過，一塊石頭碎片飛了出來，遠處迴盪著巨響。

勞爾猛地將少女推倒。第二顆子彈又呼嘯而來，打落突出的岩石。他一把拉起女孩，將她推進洞裡，自己則向前衝了出去，似乎想找到襲擊的來源。

「勞爾、勞爾，我不許您去……他們會殺了你的。」

他抓住她，要她躲進洞裡安全的地方。但這一次她沒有放開他，而是緊緊抓住，不讓他離開。

「我求求您，留下來……」

「不，」勞爾反抗道，「妳錯了，我們得反擊。」

「我不想……我不想……」

她雙手顫抖地抓住他，明明剛才還那麼怕他抱她，此刻卻以不可遏抑的力量緊緊抱住他。

「什麼都不要怕。」他溫柔地說。

「我什麼都不怕，」她小聲地說，「但是我們得在一起才行，我們得共同面對危險，請您不要離開我。」

「妳說得對，」勞爾許下承諾，「我不會離開妳的。」

他將頭稍稍伸了出去，觀察一下外面的情況。

第三顆子彈打到山洞的板岩頂蓋，上方被打穿了一個洞。

他們已經被圍困住，動彈不得。兩名持遠程步槍的狙擊手，斷絕了他們離開山洞的可能。勞爾借助兩團仍在遠處飛旋的煙雲，趁機辨識出他們的位置。他們離得很近，就在右側的河岸上，在狹道出口上方，距離山洞約兩百五十公尺遠。他們占據了絕佳攻守位置，居高臨下地控制著整座湖——從沙灘的一個小角落進行射擊，幾乎能打進洞內的所有角落。也就是說，山洞毫無遮掩地呈現在他們面前，除了有個位於右側的隱蔽角落，他們得蹲下身才能射擊得到，以及那座由兩塊石頭搭成的壁爐深處，剛好爲下墜的洞壁所擋住。

勞爾大笑起來。

「太可笑了。」他說。

勞爾的突然發笑似乎完全發自內心，讓歐蕾麗不得不克制自己想笑的念頭。

勞爾接著又說：

「我們被困住了。只要我們動一下，他們就會開槍，火力很猛，所以我們不得不躲在這個老鼠洞裡。這是有人精心布的局。」

「誰？」

「我第一直覺是那位老侯爵。但不是他，不可能是他……」

「那他出了什麼事？」

「很可能被關了起來。他很可能——掉進了那兩個把我們困在山洞的人所設下的陷阱。」

「您的意思是？」

「外面有兩個可怕的敵人，他們絕不會對我們手下留情。他們是若多和季詠・安西弗爾。」

他突然坦率地說出這一點，是爲了減輕歐蕾麗腦中對受到不明威脅的恐怖想法。與陰鬱湖水的入侵相比，對勞爾來說，若多和季詠這兩個名字、步槍的掃射頓時變得微不足道——看來是這兩個強盜結盟了，是他們引發了湖水上升。

「他們爲什麼要設下埋伏？」她說。

「爲了寶藏。」勞爾肯定地說著，他不僅僅是對歐蕾麗，也是對自己提出最可能的解釋，「我要馬雷卡爾不再插手此事，卻忘了遲早得了結若多和季詠。沒想到卻被他們占了先機。他們不知道是以什麼手段得知我的計畫，襲擊了您外祖父的朋友將他囚禁起來，搶走了他想交給妳的資料，看來我們的敵人今天上午就已經做好萬全準備了。」

「他們之所以不在我們穿過狹道時向我們開火，是因爲草地上有牧羊人在那兒放羊。而且，他們何必急著動手呢？我們顯然會信了他們冒充達倫塞所寫的致意名片，然後乖乖地在山洞等待達倫塞前來。他們就在這兒設下埋伏。我們剛划出狹道，那些重重的水閘就被關上，湖面隨著懸崖左邊兩條瀑布的注入開始上升，而我們要到四、五個小時之後才會察覺。那時，牧羊人早已回到村莊，這座湖便成了無人知曉的絕佳射擊場。小船已經漏水，子彈讓人受困，無處逃生。勞爾・林姆茲就這麼被人愚弄了，活像那粗俗警探馬雷卡爾的遭遇。」

勞爾漫不經心地以玩笑口吻說出了這些話，像個百無聊賴、玩完一輪遊戲消遣的人，惹得歐蕾麗也想跟著笑。

他點燃一根菸，指尖夾著根擦亮的火柴，慢慢遞往洞外。

平臺上立刻發出兩聲槍響。接著，很快傳來第三聲和第四聲。但全都沒有擊中。

水面正迅速上升。沙灘被淹沒了，水已經漫過沙灘的邊緣，正隨著細小的波浪流進平地。洞口也進水了。

「我們躲在這壁爐的石頭後面，已經不夠安全了。」

他們迅速跳到另一處。勞爾讓歐蕾麗躺在吊床上。接著，他跑向桌子，拿走午餐剩下的食物，放到放畫具的木板上。幾發子彈又射了過來。

「他們晚了一步，」他說，「我們沒什麼好害怕的。只要耐心等一會兒，我們就能出去。我的計畫？我想，我們休息一下，恢復體力。在這段時間裡，夜晚將來臨。天一黑，我就馬上揹著妳去那條懸崖小道。我們的敵人只有在白天才困得住我們，黑夜會讓我們安全。」

「是，但水位還是會在這段時間內上升，」歐蕾麗說，「而且還要再約莫一個小時，天色才會夠黑。那接下來又該怎麼辦？到時候，水已經不是像現在只沒過腳踝，而會淹到胸口。」

事實上，歐蕾麗所說的一切很容易就能想到。勞爾清楚知道自己計畫中的所有缺點。首先，太陽才剛從山頂落下，也就是說天色至少還會亮個一至二小時。此外，敵人也一點一點地逼近，他們占據了小道的位置，勞爾要如何才能和女孩一起靠近小道，並成功強行通過？

「您會救我們的。」她喃喃道，「我確信。」

「無論什麼時候，」他說，「都不要放棄快樂，妳得有信心。」

「是的，我有信心。您曾經對我說過……你還記得嗎？你看著我的掌紋，說我會遇到水的危險。你的預言成眞了，但我一點也不害怕，因爲你無所不能，你總是能夠創造奇蹟……」

「奇蹟？」勞爾刻意以較爲放鬆的語氣說話，讓女孩感覺安全，「不，沒有什麼奇蹟啊。只是我會推理，且根據情況加以判斷。只因爲我從沒問過妳有關童年的回憶，就把妳帶來這裡，讓妳置身這曾經看過的景色，妳就認爲我像巫師般擁有神奇力量。妳錯啦，我知道的線索並不比別人多。若多和他的同夥也一樣知道那個瓶子，也看過青春之水這個標籤底下列出的配方。」

「他們從中得到了什麼線索呢？什麼都沒有。但我卻開始探查這些配方，我發現幾乎所有礦泉水的配方都很類似，除了華亞泉水。華亞，是奧維涅的重要溫泉聖地之一。我查看了奧維涅地圖，在上面找到了日凡尼（Juvains）村莊和青春之湖，Juvains這個字顯然源自拉丁字詞Juventia，它的原意是青春。瞭解了這些事情後，我花了一個小時在日凡尼閒逛和閒聊，我意識到掌管這整個地區的卡拉巴斯侯爵達倫塞老先生，他應該是整件事的關鍵。於是，我以您使者的身分拜訪了他。他向我透露，妳小時候那一次是在聖母升天節的那個禮拜天和禮拜一來到這裡，也就是八月十四、十五日，我便開始著手準備在同一天出遊。就這樣，一切的條件恰好和您上一次來的時候一樣，風從背面吹來，帶來教堂鐘樓的聲響。這就是妳所謂的奇蹟，碧眼少女。」

但這些話並無法徹底分散女孩的注意力。一會兒後，歐蕾麗又結結巴巴地說道：「水漫上來了……水漫上來了……」她站到兩塊石頭上，她的鞋子弄濕了。

他抬起一塊石頭，放到另一塊上面，墊高了它。然後擺出以手肘撐著吊床繩子的姿勢，一直保持輕鬆的表情，持續說著話，他擔心女孩會因寂靜而加深恐懼。他一邊安撫她，一邊在心裡思考和推理著這難以逃避的現實窘境，他內心慌亂地知道危險正在增加。

會發生什麼事？該如何思考情勢？若多和季詠用了陰謀使水面上升。但即使是這樣，這兩個強盜也不過是利用很久以前就存在的結構。難道就不能設想成，這些使水位上漲的機關，儘管目前仍不清楚它們的用途（但肯定不是爲了把人困住並淹死在山洞裡），但它們是不是也同樣能使水位下降呢？水閘既然能關閉，根據可能性來考慮，理應配有隱藏的溢水系統，讓水能流回湖中排乾。這套與水閘配合使用的機關會在哪裡？

勞爾不是會待在原地坐以待斃的人，儘管困難重重，他仍想朝敵人衝過去，或者游到水閘那兒。但萬一他被子彈打中，或冰冷的湖水讓他失去了力量，歐蕾麗該怎麼辦呢？

勞爾是如此小心地在歐蕾麗面前掩藏自己的擔憂，少女卻能從他的某些聲音變化或從他充滿焦慮的沉默中看出端倪。這份焦慮彷彿也折磨得她難以承受，她突然開了口：「請您回答我，求求您。我想知道眞相。已經沒有希望了，對吧？」

「怎麼可能！太陽剛剛下山了……」

「天黑得不夠快……等到天色完全暗下來，我們已經出不去了。」

「爲什麼？」

「我不知道。我的直覺告訴我一切都完了，而且您也清楚這一點。」

「不、不會……我們確實面臨很大的危險，但我們還有時間。只要一刻都不失去冷靜，我們就能逃出去。情況就是如此，冷靜地想想妳就會明白。當我想清楚這一切，便確定還有時間可以行動。只是……」他堅定而鼓舞地說著。

「只是……」

「我需要妳的幫助。爲了弄清楚局勢，我需要妳的記憶，妳所有的記憶。」勞爾的聲音透露著焦急，他繼續熱切地說著，「是的，我知道，妳答應過您母親不把這祕密告訴任何人，除非這個人是妳愛的男人。但死亡是比愛情更值得去說的理由。即使妳不愛我，但我卻像您母親期望的那個男人一樣愛著妳。原諒我告訴妳這些，儘管我曾對妳發過誓不煩擾妳……但現在我們不能再沉默下去了。我愛妳，我想救妳，我愛妳……噢，別再保持沉默了，這是種罪惡。請回答我吧，也許幾句話就足以爲我指點方向。」

「您問吧。」她低聲地說。

「小時候那一次，妳和您母親到達這兒之後發生了什麼事？妳看到了什麼景色？妳祖父和朋友帶了妳們去哪裡？」他立刻問道。

「哪兒都沒去。」她肯定地說，「我確定，我只是在這兒睡了一覺，是的，就像今天這樣躺在吊床上。他們在我身邊說話，外公和他的朋友在抽菸。這些記憶我原本已經忘記了，而現在又重新找了回來。我聞到菸草的味道，聽到瓶塞打開的聲音。接著、接著……我沒有繼續睡，他們叫我吃飯……外面，有陽光……」

「陽光？」

「是的，應該是第二天了。」

「第二天？妳確定嗎？關鍵就在這一點。」

「是的，我確定。第二天，我在這裡醒來，外面有陽光。只是，一切都變了……同樣是這個地方，但已經變了。我觀察過岩石，它們已經不在原來的位置上。」

「它們已經不在原來的位置上？」

「是的，水不再漫過它們。」

「水不再漫過它們，妳從洞裡走出去了？」

「是的，我從洞裡走了出去。外公走在我們前面，母親拉著我的手，腳下很滑。我們的周圍有各種各樣的房子，像是一些廢墟……接著，傳來了鐘聲，就是我一直聽到的鐘聲……」

「是這個……就是這個，」勞爾自言自語道，「和我猜想的相符，無庸置疑！」

兩人之間蔓延著令人窒息的沉默。汩汩的水流發出可怕的聲響。桌子、畫架、書和椅子全都浮在水面上。

勞爾不得不坐到吊床的一端，在花崗岩板底下弓著背。

外面昏暗了下來，交雜著微弱的光線。天黑了對他又有什麼幫助呢，即使現在光線已經這麼暗？要從哪裡開始行動呢？

他絕望地壓迫著自己的思考，強迫自己找出解決辦法。歐蕾麗半蹲著，眼裡帶著深情和溫柔。她抓起他的一隻手，俯身親吻了吻。

「上帝啊！上帝！」他狂熱地說，「妳在做什麼？」

女孩低聲說道：「我愛您。」

翡翠般的碧眼在昏暗之中閃爍著。他聽到她的心跳聲，他感受到從未有過的喜悅。

女孩以雙手圈住他的脖子，溫柔地說：

「我愛您。你知道嗎，勞爾？這就是我最重要、也是唯一的祕密。其他的事我並不感興趣，這就是我全部的生命、全部的靈魂。我立刻就愛上了你，在還不認識你的時候，甚至在看清楚你之前……在黑暗中那時，我已愛上了你，正因爲如此我才這麼討厭你。是的，我感到羞愧……在那兒，在博庫爾的路上，您的嘴唇俘虜了我。我感覺到自己的內在產生了未知而令人害怕的變化——啊，在那無比殘酷的夜晚，我卻因爲一個陌生男子變得如此快樂、如此幸福。在我內心深處，我已經完全屬於你，這種感覺是多麼甜蜜，又多麼令人厭惡……我害怕自己會成爲你的奴隸，愛情的俘虜。

「爲了這個原因，自那以後我便一直躲著您。勞爾，不是因爲我討厭你，而是因爲我太愛你，我害怕你。我爲自己的心神不寧感到羞愧，所以無論如何都不願再見到你，但卻又一直想見你。如果說，我撐過了那個恐怖的夜晚和那之後所有可怕的折磨，都是因爲有你，因爲見到你於是我逃走，但你卻總是在我面臨危險之際出現。我急切地想見到你，每一次見你，就更加覺得自己屬於你。勞爾、勞爾，抱緊我。勞爾，我愛你。」

他痛苦地緊緊擁抱她。實際上，他從未懷疑過她對自己的愛，第一次的熱烈親吻就已經告訴他這一點。每次他們見面，她都表現得十分驚恐，讓他不得不去猜測深層的原因。但他也害怕幸福，儘管他已感受到了。女孩溫柔的言語，這輕拂著他的清新氣息令他變得遲鈍。原本難以抑下的戰鬥欲逐漸在他身體裡消退。她察覺到他隱藏的氣餒，將他更加拉近自己。

「我們聽天由命吧，勞爾。接受這無可避免的現實吧，我並不害怕和你一起死。但是我想死在你懷裡，我的嘴唇親吻著你的，勞爾，那就是我們最幸福的時刻。」

她的手臂像鏈條般緊緊圈住他的脖子不放，他無法鬆開。她慢慢將頭轉向他。

然而，他在抵抗。親吻了她，就意味接受失敗，就如她所說的聽天由命。但他並不願意。他的本能讓他反抗軟弱。但歐蕾麗哀求著他，結結巴巴地說些令他丟盔卸甲、削弱意志的話：「我愛你，我們接受上天的安排吧。我愛你，我愛你……」

他們的唇交纏在一起。他如癡如醉地品嘗著這個吻，帶著所有生命的激情和死亡的可怕快感。當他們忘我地沉迷於撫摸的甜蜜中時，夜晚似乎也更快地包裹住他們。水位還在上升。

「不、不，」他大聲叫道，「不該是這樣……妳會死去？不，我會阻止這樣的恥辱。」

她想繼續抱住他，他卻反抓住她的手腕。女孩可憐地哀求著：「求求你、求求你……你想幹什麼？」

「我要救妳……也要救我自己。」

「太遲了！」

「太遲？夜晚已經到來！我已經看不到妳可愛的眼睛，也看不見妳的嘴唇，而我居然還沒開始行動！」

「但要如何行動？」

「我並不知道，重要的是要開始行動。而且我有幾分把握，在某個時刻，一定有辦法加以控制水閘，應該有辦法能讓閘門迅速排出積水。我得把它找出來……」

歐蕾麗完全聽不進去。她呻吟道：「我求求您，你要獨自把我留在這個可怕的夜晚裡？勞爾，我怕。」

「不，既然妳都已經不怕死了，自然也不怕活著……最多再堅持兩個小時。我向妳發誓，我會回到妳身邊，歐蕾麗，無論發生什麼，我都會在，我會告訴妳我們得救了，否則就和妳一起死去。」

他一點一點、冷靜地掙脫她狂熱的擁抱。他朝她彎下身子，深情地說：「妳要對我有信心，我的摯愛。我從沒失敗過。一旦成功，我就會發信號通知妳，嗯，兩聲口哨，或是兩聲巨響……儘管湖水將使妳感到冰冷，還是請妳務必盲目地信任我。」

女孩無力地垂下身子。

「既然你要去，」她說，「那就去吧。」

「妳不害怕了嗎？」

「不會的，因為你不希望我害怕。」

他脫下外套、背心和鞋子，看了一眼發光的錶面，便將它綁在脖子上，跳進了水裡。

外面一片漆黑。他沒有任何武器，也沒有任何線索。

已經是晚上八點了……

chapter 13 絕望時刻

勞爾第一眼看到眼前這幅景象，也不由得心生恐懼——一個沒有星光的夜晚，陰沉、霧濃、靜得可怕又無可逃避的夜晚，令似無邊際的漆黑湖面和隱隱可見的懸崖更顯壓迫之感。他的眼睛幾乎什麼都看不見。他的耳朵只聽到寂靜。瀑布的水流聲不再鳴響，湖水已將它們吸了進去。在這深不可測的潭穴裡，他得看、得聽、得前進，得到達目的地。

水閘？實際上，他完全沒考慮它們。在這死亡遊戲中找尋它們簡直是瘋狂行爲。不，他的目的是找到那兩個強盜。然而，他們躲了起來。很可能是害怕與他這樣的強敵正面衝突，他們謹慎地藏身於黑暗中，手持步槍，全神貫注地戒備著。他們到底在哪兒呢？

儘管仍在沙灘邊緣，冰冷的湖水便已漫到他的胸口，讓他十分痛苦，他幾乎懷疑自己能否游到水閘那兒。此外，他也不知道原理，又該怎麼操作呢？

他摸索著，沿著懸崖一直走到早已被淹沒的臺階，從那裡爬進了崖壁內的小道。攀爬極其困難。突然間，他停了下來。遠處，穿過濃霧，有一盞微弱的光在閃爍。

那是哪裡？無法準確知道。是在湖面上嗎？還是在懸崖上？無論如何，它來自對面，也就是說在狹道出口附近，而那裡就是強盜們發動攻擊和藏身之處。但從山洞是無法看得見的，這說明他們十分小心，也證明了他們到現在還在埋伏伺機。

勞爾猶豫了一下。他是不是該繼續走這條小路，忍受這崗巒起伏山峰中的狹小彎道。但如果爬到岩石的縫隙，就看不到這寶貴的亮光了。然後他想到了歐蕾麗，她仍被囚禁在那可怕的花崗岩墳墓底部，他做出了決定。他轉而從原路衝下去，躍進了冰冷的湖水裡，朝對岸游去。

他知道他會呼吸困難，寒冷的折磨會讓他難以忍受。雖然只有不到兩百、或兩百五十公尺的距離，但他幾乎凍得要退縮了，這已經超過人類的極限。但歐蕾麗的身影在他腦中揮之不去，他看見她待在無情的拱頂下，而水位仍繼續殘忍地上升，沒有什麼能阻止或減慢水勢上漲。歐蕾麗正感覺到這惡魔般的低語，感受著冰冷的氣息。這對他而言是多大的恥辱！

他更加賣力地游過去。那亮光像顆樂於助人的星星指引著他前進，他熱切地看著它，彷彿深怕它會在黑暗的可怕襲擊中突然消失。此外，它也說明了季詠和若多正埋伏在那兒，他們俯身朝著湖面窺探，亮光有助他們搜索攻擊路徑。

他慢慢地接近他們。他轉而感到某種舒適，顯然是由於肌肉運動帶來的。他安靜奮力地向前游去。星星慢慢變大，倒映在湖面之鏡中。

他避開光亮區域而朝偏斜方向游去。正如他所判斷，兩個強盜的位置就在岬角的頂端，幾乎俯視著整個狹道的出入口。他游到暗礁，從鋪滿鵝卵石的陡峭河岸登陸。

左上方傳來低語聲。

他和若多、季詠他們相距多遠？前面的阻礙是什麼？是高高的堤牆還是能輕易爬過去的山坡？沒有任何跡象，他得試著盲目攀登。

他抓了一些乾燥的小礫石用力摩擦著腿和上半身。接著，他把濕透的衣服擰乾，再次穿上，看上去精力充沛——他要開始冒險了！

這既不是陡峭的堤牆、也不是易爬的山坡，這是個由岩層堆疊而成的結構，像極了巨大建築的牆基。勞爾得爬過去，這需要多大的力氣、多大的勇氣，這動作多麼危險！他絕對能攀登過去，堅韌的手指像爪子一樣緊緊攀住，石頭從洞穴中掉了出來，植物被連根拔起，頭上不遠處的聲音越來越清晰。

即使在大白天，勞爾也從未嘗試過如此瘋狂的行爲。但手錶不停發出的滴答聲像一股難以抗拒的力量在推動著他——他耳邊每響起一秒，歐蕾麗的生命就隨之消失一秒。他必得成功。他成功了，突然間不再有任何阻礙，最上面一層是一片由壘石圍成的草地。模糊的微光在黑暗中閃耀，就像一片軟綿白雲。

他的面前有個凹陷的窪地，凹地中央有間半損的簡陋小屋。一段樹幹上放著一盞冒煙的提燈。窪地對面，邊緣處有兩個人正背對著他，伏在地上，臉朝湖面，步槍、左輪手槍都在他們伸手可及的地方。他們的身邊傳來第二道光，是一盞電燈，這就是指引勞爾的微光。

他看了一眼手錶，渾身戰慄起來。時間已經過了五十分鐘，流逝得比他想像中還快。

「我最多只有半個小時可以制止洪水。」他想，「倘若半個小時後我沒法從若多那兒得知水閘的祕密，就只有回到歐蕾麗身邊，遵守我的誓言和她一起死去。」

他躲在高高的草叢中往小屋爬去。若多和季詠在十二公尺遠處毫無顧忌地交談著。他們的談話很大聲，勞爾能分辨出他們各自的聲音，卻聽不清一句完整的句子。怎麼辦？

勞爾到這兒來並沒有詳細的作戰計畫，他打算見招拆招。他沒有任何武器，對他們發動襲擊很可能使自己面臨危險。另一方面，他心想，即使他成功了，但能否順利威脅逼迫像若多這樣的對手開口，讓他講出得來不易的祕密？

因此，他繼續小心匍匐前進，期望能聽到一句能爲他帶來驚喜的話。勞爾又朝他們逼近了兩公尺，接著是三公尺。他幾乎察覺不到自己身體與地面的摩擦。終於，他爬到一個能清楚聽見他們談話的地方。

若多說：「哎，別煩惱了，該死的。反正我們已經放下水閘，水面將到達五的標記，也就是說水位會到達山洞的頂部。他們出不來了，事情已經解決。萬無一失，就像二加二等於四一樣明確無誤。」

「無論如何，」季詠說，「您應該埋伏在距離洞口更近的地方，在那兒監視他們。」

「爲什麼不是你去呢，小傢伙？」

「我！我的手還幾乎不能動，根本沒辦法射擊。」

「而且，你害怕那個傢伙……」

「您也是，若多。」

「我不否認。我更喜歡用步槍和……淹水的方法，既然我們已經得到老達倫塞的筆記，就該好好利用一下。」

「噢，若多您別提這名字……」

季詠聽起來有些氣餒。若多冷笑道：「滾開，你這娃娃兵！」

「若多，您還記得嗎？我在醫院時，你來找我們，我母親對你說：『好吧。您知道那個可怕的男人，那個會帶來厄運的林姆茲將歐蕾麗藏去了哪裡。您打算藉著監視他們來得到寶藏，可以，我兒子會助你一臂之力的。但不要犯罪，可以嗎？不要沾血……』」

「的確一滴血也沒流呢！」若多語帶嘲弄地說著。

「是的、的確，您知道我想說什麼，發生在這可憐達倫塞身上的事。利用了一些手段，讓人逐漸死去，那就是犯罪……就像對付林姆茲和歐蕾麗他們那樣，您卻說沒有犯罪？」

「那要怎麼辦，放棄這整件事？你以為像林姆茲這樣的傢伙，會因為你有雙漂亮眼睛而退讓、饒過你？你應該瞭解那個該死的人，他打斷了你一條手臂，他還會擰斷你的脖子。他和我們，不是他死就是我亡。」

「但歐蕾麗呢？」

「他們倆成雙成對，可沒辦法殺掉一個留下另一個。」

「可憐的女孩……」

「你還想要這處寶藏嗎，想還是不想？這可不是抽根菸就能得到的，要用這種口徑的槍桿才能得到。」

「但是……」

「你沒有看到侯爵的遺囑嗎？歐蕾麗將會繼承這一整片日凡尼領地……你要怎麼做？和她結婚？結婚得兩個人哪，我的孩子，我想你季詠先生……」

「那怎麼辦？」

「我的孩子，事情將會這樣發展——明天呢，青春湖又會恢復原貌，水位沒有上漲也沒有下降。一直到後天，牧羊人才會回到這裡，因為這是侯爵跟他們的約定。然後，他們會發現侯爵失足摔下狹道的溝壑死了。沒有人會想到有人推了他一把，讓他失去平衡而掉落。那麼這塊領地就會進行公開繼承。可是找不到遺囑呢，因爲它已經被我拿走了。沒有人能繼承，因爲達倫塞沒有任何家人。最後，這塊土地會強制收歸國有，六個月後進行公開拍賣，然後我們將它買下。」

「拿什麼錢買？」

「六個月，已經足夠我們找到這筆錢了。」若多以陰沉的語氣說著，「況且，這塊土地對那些不知道祕密的人來說，根本不值錢。」

「如果警方進行調查呢？」

「調查誰？」

「我們。」

「調查什麼？」

「關於林姆茲和歐蕾麗？」

「林姆茲？歐蕾麗？淹死了、失蹤了、找不到了。」

「找不到！警方會在山洞裡找到他們。」

「不會，因爲我們明天早上會去那兒，在他們的腳上綁兩塊大石頭，讓屍體沉到湖底。神不知鬼不覺……」

「那林姆茲的汽車怎麼辦？」

「明天下午我們就把車開走，就沒有人知道他們來過這兒。大家會以爲那個小妞被她的情人從療養院帶走，不知道上哪兒旅行去了。這就是我的計畫，你覺得如何？」

「棒極了，老混蛋。」一個聲音在他們身旁說著，「只不過……計畫出了點意外。」

他們轉過身，驚恐地跳了起來。有個男人蹲著說道：「你們面對一道極大的阻礙。這麼美妙的計畫，也得行動成功才能實現。但如果山洞裡那位先生和小姐逃走了，會變成什麼情況呢？」

他們倆的手正悄悄摸索著身邊的步槍、手槍。它們已經不翼而飛了。

「在找武器嗎？……找它們幹嘛呢？」勞爾開玩笑地說，「我不是也沒有武器嗎？就一條弄濕的褲子，一件弄濕的襯衫，僅此而已。像我們這麼勇敢的人……不需要武器！」

若多和季詠狼狽地待在原地，一動也不敢動。若多在尼斯、季詠在土魯茲對決過的男人又出現了！尤其是，當他們以為已經將這個可怕的敵人解決掉時，死人居然現身……

「相信我，是的……」他一派輕鬆快活地笑說，「是的……相信我，我還活著。水位到達五號的標記，並不意味水一定會淹到洞頂。你們還以為這種小伎倆就能解決我！我還活著，我的老朋友若多，歐蕾麗也還活著。她現在很安全，躲在離山洞很遠的地方，一滴水也碰不到她。現在，我們可以好好聊聊了。接下來要說的話很簡單。五分鐘就夠了，一秒都不會多。你願意嗎？」

若多一言不發，驚呆在那兒。勞爾看了看錶，故作漫不經心，但胸口早已焦急緊繃地怦怦直跳。他又說了一遍：

「你的計畫已經失敗了。歐蕾麗沒有死，她將會繼承這片土地，土地不會被拍賣。即使你殺了她，即使它被出售，我也還在，我會將它買下。那你得把我一起殺了。但絕不可能，我刀槍不入，而你已經動彈不得。唯一的補救辦法是……」

他停頓了一下。若多朝他探過身去：「有補救辦法？」

「是的，有一個。」勞爾大聲說道，「唯一一個辦法就是和我合作。你願意嗎？」

若多沒有回答。他蹲在距離勞爾兩步遠的地方，眼神灼熱地盯著他。

「你沒說話，但眼裡卻透露出興奮，我看見它們像野獸的眼睛一樣發亮。我之所以提出建議，難道是因爲我需要你嗎？完全不是。我從不需要任何人。只是，爲了達到這個目的，你已經耗費了將近二十年的時間，現在眼看就要大功告成。因此你不擇手段維護自己的權利，爲此殺人在所不惜。你的這些權利，我現在買下它們，因爲我想獲得安寧，歐蕾麗也是。如果事情不解決，遲早有一天你還是會找到方法給我們致命一擊，我可不想這樣。你要多少錢？」

若多好像放鬆了警戒，他低沉地嗥叫道：「您出個價。」

「好吧，」勞爾說，「正如你所知道的，這是座寶藏，每個人都能來分一杯羹，絕對值得的探索，絕對值得行動的寶藏，它的財富……」

「非常巨大。」若多說。

「我很清楚，所以會開一個相稱的價——每個月五千法郎。」

「兩個人都是？」

「給你五千，給季詠兩千……」

「我接受。」季詠不禁脫口而出。

「你呢，若多？」

「或許吧，」他說，「但得要有抵押、或預付金。」

「每三個月付一次款，怎麼樣？明天三點，在克萊蒙費朗的若德廣場，交付一張支票。」

「是啊，是啊，」若多懷疑地說，「但有什麼可以證明，林姆茲明天不會找人逮捕我。」

「不會，如果這樣，他們也會同時抓我。」

「您？」

「那當然，警方想盡了辦法要抓我。」

「您是誰？」

「亞森・羅蘋。」

這個名字在若多身上發生了神奇的作用。這下子，他屢戰屢敗全都有了合理解釋，這個男人可不是一般難纏的對手啊！

勞爾重複了一遍：「亞森・羅蘋，全世界警方都在追捕的人，犯下五百多件盜竊大案，被控一百多項罪行。你看，我們注定要合作。我會支援你，你也可以幫助我，看來我們已經達成協議了。剛才，我原本可以打爆你的頭，不，我還是喜歡和你交易。這樣一來，需要的時候我就可以用上你。你是有一些缺點，但也有許多優點——告訴我，你尾隨我到克萊蒙費朗的方法，我直到現在都沒搞清楚，這是第一道命令。這樣一來，你等於有了我的承諾，我羅蘋的承諾……一諾千金。這樣可以了吧？」

若多與季詠小聲交談後，回答道：「是，我們答應了。您想要什麼？」

「我的老夥伴，我什麼都不想要。」勞爾依然一派輕鬆地說，「我是一個願意花錢追求寧靜和平的人。喏，我們現在是合夥人了，就是這樣，如果你現在就想拿點錢入股我也不反對。你拿到資料了？」

「非常多的資料，都是老侯爵對這片湖泊的一些說明。」

「那麼你關得了水閘？這些說明很詳細嗎？」

「是的，是五本非常詳細的筆記。」

「你帶在身上嗎？」

「是的。還有他的遺囑……嗯，是留給歐蕾麗的。」

「給我。」

「明天，用來交換支票。」若多直接了當地拒絕。

「一言爲定，明天一手交錢一手交貨。我們握個手吧，就當達成協議了。然後各走各的。」

他們握了握手。

「再見。」勞爾說。

談話結束，眞正的戰鬥在接下來的幾句話。到目前爲止，所有談話與承諾，這些廢話都是爲了迷惑若多。重要的是水閘的位置在哪兒，若多會告訴他嗎？若多會不會猜到實際情況，以及勞爾問他這些事背後的眞正原因。

勞爾不讓自己太顯焦慮，他漫不經心地說：「離開之前，我很想看看那個『東西』。你能打開那些排水閘門，讓我看看嗎？」

若多推託道：「侯爵的筆記上說，得花上七、八個鐘頭才行。」

「那麼，現在就馬上打開它。明天早上，你在這兒，我和歐蕾麗在那兒，我們一起來看看這個『東西』，也就是所謂的寶藏。閘門離這裡不遠，對吧？那『東西』在我們底下？離閘門很近？」

「是的。」

「有路直接通到那兒？」

「有。」

「你知道那條路？」

「是啊，很好找的，筆記上面寫著。」

「我們下去吧。」勞爾建議，「我會助你一臂之力。」

若多站起身來，拿了電燈。他並未察覺到這是個圈套。季詠也跟著他。這時，他們瞧見勞爾一剛開始藏起的步槍，原來它們被推到稍遠的地方。若多揹上其中一支，季詠也跟著揹上另一支。

勞爾則拎起提燈，緊跟著兩個強盜。

「這一次，」勞爾喜形於色，滿心歡喜地想，「我們成功了。也許還會有些小動亂，但重要的戰役已經取勝。」

他們走了下去，直走到湖邊。若多朝著懸崖下一個沙礫石堤走去，繞過一塊岩石後，一個隱密的深坑露了出來，那兒綁著一艘小船。他跪下來移開幾塊巨型鵝卵石，看到了——四個排成一排的鐵把手，由四根嵌進陶管裡的鏈條相連。

「就是這兒，水閘的把手。」若多說明著原理，「拉開後，鏈條會扯動底部的鐵板。」

若多拉住其中一個拉手，勞爾也照著做，他馬上感到有股力量正傳送到鏈條的另一端，鐵板正在打開。另外兩個把手也成功拉動了，湖泊的不遠處，水流正微微地翻騰開來。

勞爾的錶已經指向九點二十五分。歐蕾麗得救了！

「你的步槍借我一下。」勞爾說，「或是你幫我開……兩槍。」

「用來做什麼？」

「發信號。」

「信號？」

「是的，我把歐蕾麗留在山洞裡，洞裡已經快被水淹沒了，你能體會她的恐懼嗎？我在離開時答應過她，當一切都解決後，會想辦法通知她不必再害怕了。」

若多呆住了。勞爾竟如此機智勇敢，還親口說出歐蕾麗仍身陷危險的實情，他對這一切感到驚訝萬分。同時，若多的眼底也對這位昔日的敵手生出敬意，他佩服得完全沒想過要以此翻轉自己的劣勢。兩聲槍聲在懸崖和岩石間迴盪著。接著，若多又說：「喏，拿去，您現在是我們的老大了。我們毫不猶豫地服從您，這裡是侯爵的筆記和遺囑。」

「做得好！」勞爾大聲地讚許，並將所有資料放進了口袋，「我會回報你的。你從來都不是個正派的人，但至少是個令人滿意的壞蛋。你要用這艘小船嗎？」

「不需要。」

「那讓我乘船去和歐蕾麗會合。啊，還有一個建議，別在這個地區現身了，如果我是你們，今晚就會立刻逃到克萊蒙費朗。老兄們，明天見。」

勞爾登上小船，繼續叮嚀了他們一會兒。接著，若多拋下錨。勞爾出發了。

「多好的人！」他一邊用力划著船一邊想，「只要觸動他們天生善良、寬厚的本質，他們就會幡然醒悟。當然，兄弟們，你們還是會拿到那兩張支票，只不過我不確定林姆茲的帳戶裡是否還有足夠的金額。但你們仍然會拿到簽了我名字的支票，就像我承諾過的那樣。」

兩百五十公尺的距離對勞爾來說算不了什麼，尤其配備了這麼一對好槳，尤其是在成果如此豐碩的精采冒險過後。他只花了幾分鐘就划到山洞，他直接划了進去，船首朝前，提燈在上。

「成功了！」他大聲喊道，「歐蕾麗，妳聽到我的信號了嗎，我們成功了！」

狹窄的陋室頓時充滿一片愉快的光明，他們剛剛才差點死在這兒。只見歐蕾麗安靜地睡在兩堵牆之間的吊床上。她對勞爾這位朋友的承諾充滿信心，堅信他無所不能，但面對危險的焦慮感和死亡的折磨終於讓她疲累得撐不住了……也許她也察覺到了兩聲槍響吧，無論如何，現在沒有任何聲音能吵醒她……

第二天，當歐蕾麗睜開眼睛時，她驚訝地看見四周交融著日光與燈光。水已經排乾了。石壁上有艘小船倚靠在那兒，勞爾在船裡熟睡著，他身穿牧羊人的寬袖長外套和一條粗棉褲，那應該是老侯爵的衣物吧。

她深情款款地注視他良久，眼裡抑制著好奇。這個了不起的人是誰，爲何總是選擇與命運對抗，而且總是能帶來奇蹟。馬雷卡爾的指控，和在警界引起轟動的亞森．羅蘋這名字——她該不該相信勞爾就是亞森．羅蘋？還記得那時候，她聽著這名字絲毫不感到驚慌，的確，這些事對她而言又有什麼重要的呢？

「你是誰，爲什麼能讓我愛你更甚於我的生命？」歐蕾麗思索著，「你是誰，你不斷地拯救我，彷彿這是你唯一的使命？你是誰？」

「青鳥。」勞爾醒了，歐蕾麗腦海裡的靜默思索竟如此明顯，他毫不猶豫地回答她。「青鳥，負責替聰明自信的小女孩帶來幸福，保護她不被吃人的妖魔和壞仙女襲擊，引領她回到自己的王國。」

「那麼，我也有我的王國嗎，我心愛的勞爾？」

「是的。六歲時，妳就在那兒散過步。現在它屬於妳，老侯爵將它交給了妳。」

「噢！快，勞爾，快點，我看見它了……我再次看見了它。」

「先吃點東西吧。」他笑著說，「我快餓死了。我們很快就會來趟參觀之旅，啊，隱藏了幾個世紀的祕密，將在妳成爲王國的主人時重見天日。」

如同以往，她並未問起他是如何做到這一切的。若多和季詠怎麼樣了？是否有達倫塞侯爵的消息？她選擇什麼都不過問，任由他帶領著她。

不一會兒，他們一起走出山洞，歐蕾麗激動不已，將頭輕靠在勞爾的肩上，低語道：「噢，勞爾，就是這個……我小時候看見的就是這個，在第二天早上，和我的母親一起……」

chapter 14

青春之水

多麼神奇的一幕！在他們的腳下，湖水退去後的深邃沙礫中，只剩下一片被岩石包圍的延伸地帶，上面散布著建築廢墟和屹立依舊的殘破神廟——啊，截斷的圓柱、分離的臺階、散亂的列柱、屋頂沒了，還有那三角楣和飛簷。在這片遭雷電擊毀的森林中，枯死的樹木依然保有過往熱烈生命的高貴與美麗。從那兒延伸出了羅馬之路，即凱旋之路，只見路邊裝飾著損壞殆盡的雕像，這條凱旋之路環繞著工整對稱的神廟，穿過毀壞的拱梁，一直通向湖岸，通到進行祭祀的山洞。

一切都濕漉漉的，閃閃發著光，所有這一切都覆蓋在泥沙中，裡面的大理石塊和金塊在陽光下閃耀著光芒。右側和左側是兩條蜿蜒的銀帶，是重新導通的瀑布。

「集市……」勞爾驚嘆道，他的臉色有些蒼白，聲音因激動而顫抖，「集市……規模和格局幾乎還很完整。老侯爵的資料裡有一張地圖和一些解釋說明，我昨天晚上已經研究過。青春城就在這個巨大的湖底。湖面下是獻給健康之神和力量之神的溫泉療養所及神殿，它們全都分布在青春之神的神殿周圍，我們可以望見圍繞著它的環形柱廊。」

他扶著歐蕾麗的腰，一起走下那條聖路。巨大的石板在他們的腳下打滑。鋪滿小鵝卵石的地面覆滿苔蘚和水生植物，間或會發現一些硬幣。勞爾撿起兩枚，上面刻著康士坦丁大帝的肖像。

他們走到獻給青春之神的一處小型圓形建築前。站在那兒，讓人想像還原這和諧對稱的美好建築，此地的臺階加高了好幾級，上方的噴泉有四個腰圓背厚的胖臉孩童托起噴泉池，噴泉池上矗立著青春之神塑像。如今僅剩兩座完好的神像，曲線造像之優雅令人讚嘆，令人想像他們的裸足曾浸潤在四個胖童支起的噴泉池裡。

一些大鉛管從懸崖某處藏有泉水的地方延伸了過來，過去它們很可能是被隱藏起來的，但如今卻從噴泉中露了出來。其中一根鉛管的一端新焊上了一個龍頭，勞爾將它擰開，一股微溫、帶著些許水汽的水噴射了出來。

「青春之水！」勞爾說，「從您外祖父長枕下拿到的瓶子，裡頭裝的就是這種水，瓶子上的標籤標示了它的配方。」

他們在這座傳說中的城市中閒逛了兩個小時。歐蕾麗又找回了從前的感覺，這種感覺曾在她的身體裡熄滅，突然間又再次被喚醒。她看著這些骨灰甕、手腳殘缺的女神、高低不平的石板路，以及荒煙蔓草中教人感到戰慄的拱廊……這麼多珍貴的東西，令她在傷感的喜悅中全身發抖著。

「心愛的人，」她說，「我心愛的人，是你爲我帶來這些幸福。沒有你，我只能沉浸在悲痛中。但在你身邊，一切都變得那麼美妙。我愛你。」

十點鐘，克萊蒙費朗敲響了大彌撒的鐘聲。勞爾和歐蕾麗走向狹道入口。兩條瀑布從這兒進入，流向凱旋之路的左右兩側，最後墜入那四個巨大的閘門。

奇蹟之旅已經結束。正如勞爾所說，埋藏了數個世紀、一直未重見天日的寶藏，只有當女孩成爲它認可主人的那一刻，才會重現。

他關上了排水閥，緩緩轉動著水閘的把手，逐漸打開閘門。很快地，水又再度湧回這處有限的空間，這裡又將注入洶湧的湖水，兩道瀑布從石床上直灑而下。他們從那條昨晚勞爾和兩個強盜一起步下的小路折返，於半路停下腳步，看著洶湧的波浪在小湖中升起，圍住了神殿的底座，急速湧向那神奇的噴泉。

「是的，『神奇的』，老侯爵就是用這個詞來形容。他認爲，除了華亞溫泉既有的成分，這裡的泉水還含有能帶來活力和能量的元素，是名副其實的青春之泉。這些元素來自麻醉性的放射物質並從中提取而出，根據專門的術語，它是以『毫居里』單位來計算，眞是不可思議啊。西元三、四世紀，富裕的羅馬人會來這處溫泉洗浴，羅馬皇帝狄奧多西死後，羅馬帝國滅亡，高盧的最後一任行省總督決定將這處日凡尼奇觀隱藏起來，以免遭到野蠻入侵者的襲擊。有份祕密碑文證明了此事——『根據行省總督費比烏斯·阿羅納的命令，他預料斯基泰人和普魯士人①將會入侵，在此僅以湖水覆蓋我鍾愛的神靈，以及我向他們祈禱的神殿。』

「湖水整整覆蓋了十五個世紀！在這一千多年裡，岩石和大理石傑作風化了……如果不是您的祖父在朋友達倫塞的廢棄領地散步，偶然間發現了水閘的機關，它們仍將繼續隨著輝煌的過去完美死去，繼續沉睡上百個世紀。妳的祖父和達倫塞侯爵立即開始想辦法加以修復，讓這些古老的巨大機關得以再度運轉，讓它們維持著湖面水位，讓湖水完美覆沒建築群的頂點，讓寶藏徹底藏身於湖面下。

「這就是完整的故事，歐蕾麗，這裡就是妳六歲時參觀過的地方。您的祖父死後，侯爵再也沒離開過這片日凡尼領地，他將全部的心血都投入在這座看不見的城市中，力圖恢復它。老侯爵在兩名牧羊人的幫助下，挖掘、搜查、清潔、加固、重建了過去的遺跡，這是他留給妳的禮物。這件不可思議的大禮，不僅將爲妳帶來可供大量開發生產的專利財富，甚至等於在整個華亞和維琪地區裡，有這麼一座從未面世的建築傑作和歷史遺跡是屬於妳的。」

勞爾非常興奮，過去的一個小時裡，他一直讚揚著這次美麗的奇遇和這座被淹沒的城市。他們手牽著手，看著水面慢慢升起，雕像一點一點地下沉。

然而，歐蕾麗始終沒有說話。關於這座奇妙的湖底之城，勞爾發現他倆想的事情不一樣，他追問著她。一開始她並沒回答，一會兒後她低聲地說：「您知道，達倫塞侯爵現在的情況嗎？」

「不清楚。」勞爾說謊，他不想讓女孩傷心，「我想，他一定是回到村莊的家裡，也許病了……忘記約會了……」

多麼糟糕的藉口！歐蕾麗看上去對這個解釋並不滿意。當她重回安全處境恢復平靜心情後，便開始擔憂起那些仍隱藏在黑暗中、不爲她所知的事物。

「我們走吧。」她說。

他們來到昨夜兩個強盜曾埋伏駐紮的破舊小屋，勞爾想從這兒走到高牆，再從牧羊人的出入口離開這片領地。當他們繞過一旁的岩石時，她伸手指向一個很大的包裹，有只布袋放在懸崖邊。

「它好像在動。」她說。

勞爾看了一眼，他要歐蕾麗待在原地等他，自己跑了過去。他的腦中突然閃出一個念頭。走到懸崖邊，他立刻抓住布袋，將手伸了進去。幾秒鐘後，從裡面抓出一顆腦袋，是個小男孩！他立刻認出這是若多的同夥，若多總是把他像白鼬一樣帶在身邊，要他穿過柵欄的橫條進入地窖幫他尋找瓶子。

男孩半睡著了。怒氣大發的勞爾突然識破了他們的詭計，他搖晃著小男孩：「小子，是你跟蹤我們，對吧，打從固爾塞街開始？是你吧，若多把你藏在我的後車廂內，你就這樣一路跟隨我們到克萊蒙費朗，你在那兒寄給他一張明信片？說……否則，我賞你耳光。」

男孩一時弄不清發生了什麼，他那既天眞又世故的臉龐帶著驚嚇的表情，嘟噥道：「是的，是舅舅叫我這麼做的……」

「舅舅？」

「是的，是若多舅舅。」

「那你舅舅現在在哪兒？」

「昨天晚上，我們三個人離開了這裡，後來又折了回來。」

「然後呢？」

「然後，今天早上當水排乾之後，我們從這兒下到懸崖底部，他們在到處撿東西。」

「在我之前？」

「是的，在您和那位小姐出來之前。當你們從山洞出來時，他們躲在那邊的牆後面，在水位最深的那裡。舅舅要我在這兒等他，我是從這兒看到一切的。」

「現在他們兩個在哪兒？」

「我不知道。天氣很熱，我睡著了。我醒來後，看到他們正在打架。」

「他們在打架？」

「是的，為了爭奪他們找到的一個什麼東西打了起來，一個像金子般閃閃發光的東西。我看到他們倒在地上，舅舅給了他一刀，然後……然後我就不知道了。可能是我睡著了吧，我好像看到牆壁塌了，把他們倆都壓住了。」

「什麼、什麼……你說什麼？」勞爾驚恐地說著，「告訴我……是在哪裡發生的？什麼時候發生的？」

「教堂鐘聲響起的時候，就在那個盡頭……在盡頭。您瞧，那邊。」

孩子俯下身子，似乎完全嚇呆了。

「啊！」他尖叫道，「水又回來了……」

他想了想，接著開始放聲哭叫起來，呻吟道：「那麼、那麼……如果水已經回來，他們就沒辦法離開了，他們在湖底那兒，我舅舅……」

勞爾捂住他的嘴。

「閉嘴……」

歐蕾麗就在他們面前，面容十分痛苦。她聽見了。若多和季詠受了傷，他們昏倒了，在波浪再次湧入之前動不了也呼救不出聲，他們正在水裡窒息，最終被吞沒了。牆壁的石頭壓住他們，屍體沉在湖底。

「這太可怕了，」歐蕾麗結結巴巴地說，「這對他們來說是多麼殘忍的酷刑！」

男孩哭得越來越大聲，勞爾遞給他一些錢和一張名片。

「拿著，這是一百法郎。你搭火車回巴黎，找到這個地址，那裡的人會好好照顧你的。」

回去的路上，兩人一路沉默，快回到女孩居住的療養院時，他倆沉重地道別。命運傷害著兩個相愛的人。

「我們分開幾天吧。」歐蕾麗說，「我會寫信給您的。」

「分開？相愛的人不會分開。」勞爾反對地說道。

「相愛的人不會害怕分離。生命會讓他們重逢。」

他讓步了，內心感到悲傷，他察覺到女孩是如此心慌意亂。一個星期後，他收到一封她的來信，信寫得很短——

我的朋友，

我的心裡亂極了。我偶然得知了繼父布雷卡斯的死訊。他自殺了，對吧？我也知道，達倫塞侯爵的屍體在溪谷底部被發現，他們說他不小心從懸崖上失足掉落。他是被殺害的，對吧？被謀殺了？還有，若多和季詠的可怕死亡，貝克菲爾小姐，那兩兄弟……以及更早之前我外祖父的死。

我走了，勞爾。不要問我去哪裡，甚至連我自己都不清楚。我需要冷靜一下，重新審視我的生活，並做一些決定。

歐蕾麗敬上

勞爾一刻也沒等待。這封行文混亂的信，說明歐蕾麗正受到絕望和痛苦的煎熬。受到折磨的心使他馬上行動，到處尋找歐蕾麗。

一無所獲。他以爲她躲到聖瑪麗修道院去，但沒能找到她。他到處打聽，結果依舊失望。他害怕會有新的敵人出現折磨她，他度過了極爲痛苦的兩個月。然後，有一天，他收到了一封電報。女孩請求他第二天去布魯塞爾，她和他約好在坎布林樹林裡見面。

勞爾喜出望外，當他看到她微笑著向他走來，神情堅毅，臉上帶著擺脫了可怕記憶的釋然。

她朝他伸出手。

「你會原諒我嗎，勞爾？」

他們走了一會兒，緊緊地挨著彼此，彷彿從未分離。接著，她解釋道：「您曾經說過，我的身體裡潛藏著兩種不同的命運，它們相互鬥爭，爲我帶來痛苦。一個是幸福快樂的命運，它與我眞正的本性相符。另一個是充滿粗暴死亡、悲哀災難的命運，這是從童年開始一直糾纏著我的敵對力量，他們試圖將我推入漩渦——如果說我曾墜入深淵十次，是的，十次都爲你所救。」

「勞爾，儘管在日凡尼共度的那兩天，我們快樂地相愛了，但由於生活總是爲我帶來恐懼，我眞的累了。這筆奇特的巨大寶藏，你認爲不可思議且感到陶醉，對我來說是卻是無比黑暗的地獄。這不公平，勞爾。想想我承受的一切，想想我所經歷的一切吧！你說『這就是妳的王國』，但我並不想要，勞爾。我不想和過去有任何牽連。於是，我遠離這一切獨自生活了好幾個禮拜，我混亂地感覺自己想逃脫所有的束縛，啊，我居然是整起事件裡唯一的倖存者。經歷了這麼多年，甚至好幾個世紀，這個寶藏屬於了我，而我得負責讓它脫離黑暗重見天日，只因它是如此壯麗和奇特。對此，我拒絕。如果說我繼承了這些財富和榮耀，我也等於繼承了其中無比的罪惡和重罪，我無法承受這些重負。」

「那麼達倫塞侯爵的遺囑怎麼辦？」勞爾問著，隨即從口袋拿出一張紙，遞給她。歐蕾麗接了過來，撕成碎片，讓它隨風飄逝。

「我再跟您說一遍，勞爾，所有這一切都結束了。這個寶藏不再與我有任何關係，我太害怕它又會引起其他的罪惡和重刑——我並不是個英雄。」

「那麼妳是誰？」

「一個情人，勞爾，我是……我是一個展開新生活的情人，因爲愛情而重新活了過來，只因爲愛情。」

「噢！我的碧眼少女，」他說，「許下這樣的諾言太沉重了。」

「對我來說沉重，但對你而言並不。請你相信，即使我會爲你付出生命，但不代表我也要你同等付出。你盡可以保留身上那些令你感覺愉快的眾多謎團，你不需要將一切都告訴我。我喜歡的是你本來的樣子，你是我遇見過的最高貴、最有魅力的人。我只要求你一件事，那就是，盡可能愛我久一些。」

「我會一直愛妳，歐蕾麗。」

「不，勞爾，太遺憾了，你不是那種會愛我一生的人，甚至不會愛我太久。但即使愛情只能這麼短暫，我還是享受到了莫大的幸福，我已經沒有抱怨的權利。我不會抱怨。今天晚上請你來皇家劇院吧，我爲你預留了一個樓下的包廂。」

他們分開了。

晚上，勞爾來到皇家劇院。那兒正在上演《波西米亞生活》，是由一位年輕的女歌唱家所演繹，她名叫露西·戈蒂埃。

露西·戈蒂埃就是歐蕾麗。

勞爾明白了。以藝術家的身分獨立生活、感受生命，終於讓歐蕾麗擺脫了過去，重獲自由。演出結束，四周響起熱烈的歡呼聲，勞爾被帶到成功演出的歌唱家休息室。她那頭美麗的金髮在他面前閃閃發光。他們深情擁吻。

*　　　　*　　　　*

神奇可怕的日凡尼之旅結束了，過去近二十年來，它引起了如此多的罪惡和絕望。勞爾想將小若多從罪惡中拯救出來，他把他安置在安西弗爾寡婦那兒。但季詠的母親卻因兒子的死悲傷地開始酗酒，而太早墮落的小若多則已恢復不了原樣，不得不住進照護機構。但他從那裡逃了出來，找到安西弗爾寡婦，最後兩個人一起去了美洲。

至於馬雷卡爾，他變聰明了，儘管情陷溫柔鄉依舊。不過，他的確升了官。有一天，他受到聲譽卓著的警察總局局長勒諾曼召見。談話結束後，勒諾曼先生走向這位部屬，嘴裡叼著根菸，對他說「請借點火」，這個語氣讓馬雷卡爾感到毛骨悚然。他立刻認出此人就是羅蘋。

不僅如此，馬雷卡爾還會在勞爾的其他偽裝底下認出他來，因為他老愛開玩笑，眼睛眨呀眨的。每次看到馬雷卡爾的反應，他總是不忘揶揄地補上那句讓人反感訝異、刺耳嘲諷至極的話——「請借點火。」

後來，勞爾買下了日凡尼領地。但為尊重碧眼少女，他並無意透露這個神奇的祕密。青春湖和青春之泉，成了亞森・羅蘋為法蘭西民族所保留的國家寶藏，那是一筆充滿令人讚嘆奇觀，和不斷累積身價的無比龐大寶藏。

譯注：①斯基泰人，是西元前八世紀至西元前三世紀，於南俄草原上活動的印歐語系遊牧民族。普魯士人，則是原本居住在波羅的海東南沿岸的一個民族，與拉脫維亞人、立陶宛人屬於同一種族。西元十二世紀時，德國的殖民運動進入了波羅的海東岸地區；十六世紀，做為獨立民族的普魯士人，逐漸消亡。

譯後記

踏進莫大的冒險和推理的樂趣

譯者　施程輝

我個人一直熱中於閱讀各類偵探小說，從阿嘉莎・克莉絲蒂到派翠西亞・康薇爾，從福爾摩斯到亞森・羅蘋，我對這類題材的小說興趣越來越濃厚。因而，在接到《碧眼少女》的譯稿邀約時萬分欣喜。然而，眞正動筆翻譯卻與閱讀的感覺全然不同，對於詞句的考究、對於作者心思的揣摩都頗費時日。在整日趕稿翻譯的期間，不知不覺完全融入了作者設置的場景，跟隨著他思緒起伏，費心推理，彷彿自己也成爲某個場景中的某個人物，被捲進命運的洪流卻堅持逆流而上，在被黑暗籠罩的眞相面前也曾猶疑恐懼。

在《碧眼少女》中，作者莫里斯・盧布朗以浪漫的法式情懷詮釋了一段動人的愛情故事，擁有綠翡翠般美麗眼睛的女孩和怪盜紳士亞森・羅蘋，他們初相見於陽光明媚的巴黎四月天。隨後，於凶案現場的驚惶一瞥，碧眼少女已不再是羅蘋於歐斯曼大道上所見的純眞模樣，搖身一變成了身穿染血罩衫的謀殺共犯。但愛情也許正在那個令人窒息的可怕黑夜開始滋生。逃離和追逐，在多重身分底下，女孩究竟隱藏著什麼樣的內心祕密，而最終羅蘋竟能精確掌握開啓她記憶之門的鑰匙。與愛情同時展開的，還有另一樁錯綜複雜的案件，以及一座隱藏了將近二十年的祕密寶藏，貪婪的爭奪和負罪的死亡爲整個故事染上了悲劇性的色彩。

我十分喜愛作者盧布朗詩人般的文采。細膩的心理描寫爲故事增添了濃厚的文學氣息，而在故事中引入和還原一些歷史事件恐怕是他最獨特的視角，表達著作者對於社會和民族的某種關注。憶及翻譯本書痛並快樂的日夜，嘴角還是會不由得浮現淡淡的微笑，彷彿又再次擁有當時隨著故事情節起伏的心境，咀嚼著冒險和推理的樂趣……

記於杭州浙江工商大學

（全書譯文計108635字）

國家圖書館出版品預行編目資料

碧眼少女 / 莫里斯・盧布朗（Maurice Leblanc）
著；施程輝譯.
—— 初版. ——臺中市　：好讀, 2012.01
面：　公分，——（典藏經典；45）

譯自：La Demoiselle aux yeux verts

ISBN 978-986-178-215-7（平裝）

876.57　　100020658

好讀出版

典藏經典45

碧眼少女

原　　著／莫里斯・盧布朗
翻　　譯／施程輝
總 編 輯／鄧茵茵
文字編輯／簡伊婕
美術編輯／許志忠
行銷企畫／劉恩綺
發 行 所／好讀出版有限公司
台中市407西屯區工業30路1號
台中市407西屯區大有街13號（編輯部）
TEL:04-23157795 FAX:04-23144188 http://howdo.morningstar.com.tw
（如對本書編輯或內容有意見，請來電或上網告訴我們）
法律顧問／陳思成律師

線上讀者回函
更多好讀資訊

讀者服務專線／TEL：02-23672044 / 04-23595819#212
讀者傳眞專線／FAX：02-23635741 / 04-23595493
讀者專用信箱／E-mail：service@morningstar.com.tw
網路書店／http : //www.morningstar.com.tw
郵政劃撥／15060393（知己圖書股份有限公司）
印刷／上好印刷股份有限公司
如有破損或裝訂錯誤，請寄回知己圖書更換

初版／西元2012年1月15日
初版三刷／西元2023年7月1日
定價／250元

Published by How-Do Publishing Co., Ltd.
2023 Printed in Taiwan

ISBN 978-986-178-215-7